絶対正義

秋吉理香子

幻冬舎

絶対正義

装画　谷川千佳
装幀　宮口瑚

1

封筒は、その日、郵便受けに届いた。

いや、封筒、というそっけない単語でなく、気取って「エンヴェロープ」と呼ぶにふさわしいようなものだ。薄紫色の紙はパールのように光沢が入っており、厚くてしっかりしている。サイズは洋形1号と呼ばれる、会社からの挨拶状や招待状などに使われる大きさ。

——結婚式の招待状かな。

マンションの共同郵便受けからダイレクトメールやチラシなどの束を取り出しながら、今村和樹《かずき》は思った。両手いっぱいに郵便物を抱え、スーツケースを押してロビーを横切る。

エレベーターに乗って最上階である八階のボタンを押し、到着するまで、出張の間に溜まっていた郵便物をざっと確認した。重いと思ったら、デパートや通販会社からカタログが何通も届いている。郵便受けがいっぱいになるのが鬱陶しいので、こういったものは送ってこないでほしい。それでも中元や歳暮の時季だけでなく、節分やバレンタイン、ハロウィーンなど一年中カタログが届くのは、和樹が上得意だからだ。

ノンフィクション作家として活動するようになってから、付き合いのある出版社や作家仲間、カメラマンやイラストレーター、取材協力者などに贈り物は欠かさない。いくら名前が売れても、和樹の存在など業界ではチリのようなもの。一冊にまとめて本にできるのは、自分以外の人々の協力があってこそだと常に思っている。

まだ十月に入ったばかりだというのに、もう歳暮の案内がある。ついこの間中元の手配をしたと思ったのに。

めまぐるしく移り変わる季節に溜め息をつきながら、カタログの間に挟まれている封書を手早く見ていった。クレジットカード会社、出版社、銀行……そして手が止まる。さっきチラリと見えた、薄紫色の封筒。一面には花の模様がエンボス加工してある。宛名は手書きで、毛筆でもボールペンでもなく、インクとペンを使ったような流麗な味わいが感じられる。しかも文字の色は、封筒より三段階ほど濃い紫色である。

住所も宛名も漢字で書いてあるのに、どことなく外国からの手紙を思わせた。誰からだろうと封筒をひっくり返しかけたが、指先に何かが触れた時、その気が失せた。

指先に触れたのは、封蠟《ふうろう》と思われるものだった。封筒を糊で留めた後、蠟燭を溶かして垂らし、印璽《いんじ》を捺《お》したもの。こんな凝ったものが施されたのは、結婚式の招待状に決まっている。

一度も結婚に縁のないまま四十路となってしまった女は、やれやれと首を振りながら、エレベーターを降りた。

部屋の鍵を開けて、一週間ぶりの我が家に入る。築十年の２ＤＫのマンション。都心から四十分。最寄駅から歩いて十三分。五年前に買った。間取りも日当たりも特に良いわけでもないが、これだけがやっと和樹の手に届いた物件だった。

靴を脱ぎ捨て、スーツケースを玄関に残したままリビングへ入る。郵便物をコーヒーテーブルの上に無造作に置くと、冷蔵庫から缶ビールを取り出した。

北海道は、この時期もう寒かった。北方領土問題の取材で滞在した一週間、和樹は毎晩ストーブをつけ、古い民宿の部屋で震えていた。とてもではないが、ビールを飲もうという気にはなれなかった。

立ったまま缶から直接ごくごく飲み、プハーと息を吐く。これじゃオヤジだよ、と一人で苦笑した。

二本目の缶ビールを片手に、ソファに座る。イヤにならないうちに領収書の整理をしておくか。今回の取材では、前もって五十万円の取材費が支払われていた。取材には旅費、食費、取材の謝礼などの経費がかかるが、だいたいが書きあがってからの精算となる。和樹が特別扱いしてもらえるのは、五年前に権威ある竹下洋一ノンフィクション賞を受賞したからだ。

ノンフィクションというジャンルは文芸界では決してメジャーとはいえない。けれども竹下洋一の名は一般人にも知られているため、この賞の名前を名刺に刷っておけば取材がしやすい。

しかも和樹の受賞した『ヤミに蠢《うごめ》く金』は、映画化もされ、大きな話題となった。講演会やエッセイの依頼も相次ぎ、ごくたまにコメンテーターとして報道番組などにも呼ばれる。受賞は、和樹の人生を大きく変えたのである。

もっとも、多忙になるにつれて、それまでかろうじて持っていた女のプライドはなくなり、白髪染めは放棄し、化粧もしなくなった。コンタクトレンズも止め、ビン底眼鏡で過ごす。服装は動きやすいように常にTシャツにジーンズ、そしてスニーカー。もともと背が高く、中学時代には陸上をやっていたので、体格もがっちりしている。

恋人がいたこともあったが、何日も取材で家を空けたり、徹夜で原稿を書き、昼間はソファでひっくり返っているような暮らしをしているうちに、いつの間にかいなくなっていた。人並みに結婚に憧れた時期もあったが、もう今では諦めている。

しかし――

ビールを飲みながら、テーブルの上に散らばった郵便物の山から覗いている薄紫色の封筒を、和樹はちらりと見る。

こうして結婚式の招待状が届けば、やはり心は鈍く痛む。まだまだ自分にも女の部分が残っていたかと、和樹は自嘲気味に鼻を鳴らした。

どんな招待状も、封を開ければ悪意が香り出す。週末や祝日、連休のど真ん中を潰されること必至。そして出費も避けられない。招待状には、それ自体に毒が含まれているのだ。

二本目のビールを飲み干し、三本目を取り出すと、和樹は窮屈なジーンズを脱ぎ捨て、Tシャツ一枚というあられもない姿でテーブルについた。人差し指で、すうっと封筒の縁をなぞる。

今度はいったい、誰が結婚するわけ？

出版社の子？

それとも知り合い？

結婚式って、そもそもいったい、何のためにあるのだろう。

幸せのおすそ分けだとか言うけれど、これまで出席をして、おすそ分けをされたことは一度もない。決して安くはない祝儀を払い、つまらない馴《な》れ初《そ》めを聞かされ、スピーチに感動した振りをし、余興に愛想笑いするだけ。そして感極まって涙する花嫁とその母親を見て、ウェディングドレス姿も白無垢姿も見せることができないまま死んでしまった祖父母への罪悪感にさいなまれるのだ。

お世話になった方々に感謝を込めて披露するためともいうが、本当に世話になったと思うなら、呼ばないでくれた方が金も時間も無駄にせずにすむ。

それでも、ふと思うのだ。

天変地異が起こって自分が結婚式を上げることになったなら——その時は、思い切りこれみよがしに、贅沢《ぜいたく》で、幸せそうで、のろけ話ばかりの結婚披露宴をしてやりたい、と。

和樹は煙草をくわえ、火をつけた。深く吸い込んで、気だるく吐き出す。テーブルの上の灰皿には、古い吸殻がこんもりと積み上げられている。構わず、和樹はその上に灰を落とした。

やっと封筒を、郵便物の山から引っ張り出した。自分の前に置き、挑むように睨みつける。花模様の切手が貼ってあることに初めて気づき、ますます行く気を失くした。もっとも、ハートの切手よりはマシか。

さあて、いったい誰？

キーボードを打ちやすいようにいつも短く切ってある爪の先でつまみ、メンコのように勢いよくひっくり返す。差出人の名前を見た瞬間、和樹は思わず息を呑んだ。

高規《たかき》範子《のりこ》。

和樹は凍り付く。薄紫色の封蠟には、Nのイニシャルが捺されていた。

嘘。

嘘だ。

なぜ、範子から——？

頭から血の気が引いていくのがわかる。手が冷たい。呼吸が速く、浅くなる。

酸素の薄くなった和樹の脳裏に、範子の顔が浮かんできた。

確かに殺したはずの、女の顔が。


範子とは、地元の山梨県にある公立高校で出会った。

入学して間もない頃、和樹は中学時代からの仲間、由美子と理穂、麗香《れいか》と共にはしゃいでいた。一緒に進学した男子たちが急に眩《まぶ》しく見えたり、若い男性教師にときめいたりと、全てが新鮮だった。

クラス全体が新生活に浮足立つ中で一人静かに読書をしていたのが、他県の中学からやって来た高規範子だ。

おかっぱ頭で、背中に定規が入っているのではと思うほどピシッと背筋を伸ばし、本を読んでいる。新しい環境で友達を作ろうと躍起になっている元中学生の中で、範子は凜《りん》とし、潔く見えた。

「ねえねえ、あの子っていつも一人やんね」

ある日、いつもの通り四人でお弁当を食べていると、由美子が教室の片隅で弁当を広げている範子を目線で示した。由美子自身も中学二年生の時に神戸から引っ越してきた転校生で、和樹たちが声をかけるまでは馴染めなかったという過去がある。だからなのか、寂しそうにしている生徒を見ると放っておけないようだ。ちっとも抜けないはんなりとした関西弁と相まって、優しくて穏やかな雰囲気の女子である。

「うん。食べたあとは図書館で過ごしてるみたいだね」

卵焼きをほお張りながら、今度は理穂が言った。理穂は冷静で頭が良く、中学では学級委員を務めていた。入学して二週間、まだどのグループにも属していない範子のことを、実は気にかけていたのだろう。

「ああ、親の転勤で引っ越して来たって子でしょ？　わたしも気になってた」

ドラマの仕事が決まったばかりでダイエット中の麗香は、とっくに小さなサンドイッチを食べ終わって紙パックの牛乳を飲んでいる。元子役スターで、昔はよくテレビや映画に出ていた。成長期になるとオファーが減り、ほとんど活動休止状態だった中学時代には、心無い同級生たちに「落ち目」と陰口をたたかれた。それが辛かったのだろうか、悪口やいじめ、孤立には敏感なところがある。ハーフかと見まがうようなはっきりした顔立ちでキツい印象だが、心は人一倍繊細なのだ。

「和樹、声、かけてあげなよ」

理穂が和樹を促すと、由美子と麗香も、それが当然だとばかりに頷く。体育会系で、体も声も大きい和樹は、こういう時、なぜだかいつも頼りにされてしまうのだ。

「はいはい。行けばいいんでしょ」

席を立ちながら、やれやれと首を振る。とはいえ、実は和樹だってひとりぼっちの範子が気がかりではあった。

「高規さん、だよね？」

声をかけると、範子が弁当箱から顔をあげた。色白の丸顔で、特徴らしい特徴がない。日本人らしい、一重の目。ブサイクではないが美人でもなく、ごく平均的な顔をしている。前髪はオンザ眉毛で、後ろは耳の下で切り揃えられている。制服の着こなしはやぼったく、真っ白なハイソックスがふくらはぎをぴったりと覆っている。

初めて真正面からじっくり範子を見て、おや、と和樹は思った。

この子、誰かに似てる。

いや、どこかで見たことがある――

しかし記憶を探ってみても、どうしても思い出せなかった。

「えーと、よかったら、うちらと一緒に食べないかなと思って」

和樹が背後にいる由美子や理穂、麗香を顎で示す。範子は「いいよ」と薄く笑って、食べかけの弁当箱を両手で持つと、和樹たちの席に移動してきた。

「うわーあ、おかず、充実してるね」

範子の弁当を覗き込んだ麗香が、声をあげる。

「うん。一応、三十品目を入れられるように献立を考えてるから」

「自分で作ってるの？　すごいなあ」

上下二段にきっちりとご飯やおかずがつめられた弁当は、彩りもきれいで、肉と野菜のバランスも良く、家庭科の成績が1の和樹は感心するばかりだった。料理本に載りそうな、模範的な弁当である。

食べながら、自己紹介を兼ねて色々な話をした。範子の父親は農林水産省に勤める国家公務員で、高知や山口、東京など、数年おきに引っ越しを繰り返してきたのだという。帰り道が同じだということもわかり、その日は五人で下校した。

付き合い始めてすぐ、範子が良い子だということが分かった。由美子と麗香が延々とするアイドルの話に、和樹と理穂はあからさまにつまらなそうに反応してしまうが、範子はうんうんと頷いて聞いてやる。家族で遠出をしたら、必ず四人に土産を買ってきてくれる。誰かが休めば、ノートをコピーしておいてくれる。範子のやることなすことには全てソツがなく、きっちりとしていた。

それがいかんなく発揮されたのは、初めて範子を和樹の自宅に呼んだ時だった。和樹の部屋で、由美子や理穂、麗香と共に、ケーキを食べながらおしゃべりをしていたのだが、いつのまにか出しっぱなしにしていた漫画や本がきれいに本棚に並べられ、脱ぎすててあった服が畳まれている。会話に参加し、おやつを食べながらも、範子の手はこまめに動いていたのだ。帰る前には使ったケーキ皿やコップを洗い、もともと水切り籠にあったコップや皿も拭いて食器棚に仕舞い、三角コーナーにたまっていた生ごみまで捨ててくれた。

「高校生とは思えないわ」

母は感心していた。

範子の株は、入学して初めての中間テストでさらに上昇した。範子は学年トップだったのである。

「範子ちゃんって勉強もできるのねえ。ああいう子とは、ずっと仲良くするのよ」

両親は、範子のような友達ができたことを喜んでいた。和樹の家族だけでなく、由美子や理穂、麗香の家族にも、範子は歓迎されていた。

成績が良く、髪形や服装も地味で、礼儀正しい。範子は、親にとっての「理想の子供」だったのである。

——あ、規範だ。

「高規範子」の真ん中の二文字。和樹は気がついて可笑しくなった。まさに、範子はみんなの「規範」であった。

学年首位を取った範子は他のクラスの生徒たちからも一目置かれるようになり、和樹のグループの自慢となった。

授業についていけない時は、弁当を食べながら教えてもらった。それまで決して頭脳明晰《めいせき》とは言えなかった由美子や芸能活動で休みがちな麗香も、ポイントを押さえた範子の指導で成績は上昇したし、もともと成績の良かった理穂や和樹も、期末では五位以内を狙えるほどに実力が上がった。

そんな中、さらに範子を尊敬する出来事が起こった。

朝、いつもの通学バスに和樹は乗っていた。サラリーマンやＯＬ、学生でごった返す車内で吊革に摑まって立っていると、もぞもぞとお尻に何かを感じた。

和樹は体をずらした。しかし、再び尻に何かが触れる。

鈍い和樹にも、さすがに理解できた――痴漢だ。

ショートカットで大柄の和樹は、これまで一度も痴漢にあったことがなかった。大人しそうな由美子が「また触られた」と涙ぐみながら登校するのを見て、「どうして大声をあげないの！」といつも怒っていた。

「わたしだったら、すぐに男の手を摑んでねじって、『こいつ痴漢！』ってさらし者にしてやるね」と豪語していた和樹だったが、いざ自分がその立場になると、体が固まって動けない。触られている、ということ自体がとんでもなく恥ずかしく、自分は悪くないのに罪悪感でいっぱいになった。とてもじゃないが、声なんてあげられない。自分が降りるまで、または相手が降りるまで我慢してやり過ごそう――

そう思い、早く時間が過ぎることをひたすら願った。ラッシュの中、体をずらしても男の手は執拗に伸びてくる。ああ、もう耐えられない――さすがに泣きそうになった時だった。

フラッシュが光った。

車内の誰もが突然の閃光《せんこう》に戸惑い、辺りを見回した。続いて、和樹の尻にあたっていた手が離れた。振り返ると、使い捨てカメラを片手に持った範子が、もう片方の手で中年の男の腕を取り、高々とあげていた。

「運転手さん、痴漢を捕まえましたので、次の停留所で降ろしてください」

車内に、範子の声が響き渡った。中年男は慌てて身をよじったが、バスの中で逃げられないとすぐに悟ったのか、小さくなってうつむいた。女性客の多かった車内は拍手喝采となり、範子は痴漢の現場を撮影したカメラと共に、男を警察に引き渡したのだった。

この件は、すぐに学校中に知れ渡った。校長から表彰もされ、警察から感謝状ももらった。しかし誰よりも感謝していたのは、もちろん和樹だった。

「本当にありがとう」

和樹は母と共に、範子の自宅まで菓子折りを持って礼を述べに訪れた。

「いただけません。当然のことをしただけですから」

範子は毅然とした態度で、決して菓子折りを受け取らなかった。困って顔を見合わせる和樹と母に、いかにも役人といった、真面目な風情の範子の父親が言った。

「妻が――範子の母親ですが、間違ったことが大嫌いでしてね。常に正しいことをするようにと、それはそれは厳しく教育しておりました。昔は範子も反発していたようです。しかし二年ほど前、門限になっても帰ってこない範子を捜しに出た妻が、車にはねられまして」

父親が、仏壇に目を向ける。遺影にはおかっぱ頭の、範子にそっくりな中年女性が写っていた。

「飲酒運転だったんですが、門限を破った自分が原因を作ってしまったという悔いもあるんでしょう。それ以来、この子も罪を徹底的に憎むようになりました」

「人間は、常に正しくなくてはならないんです。ですから痴漢という卑劣な犯罪行為を摘発するのは、当然のこと。お礼をいただくのは、筋が違います」

あらためて範子に固辞され、押し付けることもできなくなった。和樹と母はもう一度礼を言って、菓子折りをひっこめた。

「それにしても、本当にしっかりしてるのね、範子ちゃんて。カメラを持っていたなんてさすがだわ」

母がつくづく褒める。

当時はデジタルカメラも普及していなかったし、もちろんカメラ付携帯もなかった時代だから、持ち歩いているということはかなり特別なことだった。

「こういうことに備えて、常にカメラをいくつか持ち歩いているんです。主に使い捨てカメラですね。痴漢だけでなく、万引きだとか、虐待だとか、証拠が物を言いますから。正義のためなら、わたしは容赦しません」

いつもは無表情な範子が、その時、笑顔になった。急に生き生きとし、頬は上気し、目が輝いている。和樹は少し驚いたものの、それだけ範子が正義に燃えているのだと感心した。

帰り道、母は「本当にえらい子よねえ」と繰り返した。

「だよね、ほんと、尊敬しちゃう」

範子はすごい。えらい。誇りだ。

友達であることが心から嬉しく、和樹は図体に似合わないスキップをした。


範子に違和感を抱き始めたのは、それからしばらくした頃だったろうか。

SNSや携帯電話もなかった当時、女子はこぞって授業中に手紙交換をしていた。先生の話などそっちのけで、恋愛の悩みや家族の愚痴、カラオケの誘いなど、休み時間に話せばいいようなことを、わざわざ手紙にしたため、それを教師に見つからないように回すことに情熱をかける。手紙か交換日記だけが友情を深めるツールだと言ってもいいくらい、当時は大切なものだった。

入学から二か月少々がたち、中間テストも乗り越え、友達関係がぐっと密になる時期だ。あの日も、授業中に何人かがノートを取るふりをして手紙を書き、可愛く折りたたみ、やり取りしていた。後ろから回ってきたら和樹も仲介したし、由美子から届けば返事を書いて回したりもした。数学の時間で、女性教師が退屈な説明をしながら黒板に公式を書いていた。

「先生」

授業が半分ほど終わったところで、範子が手をあげて立ちあがった。範子が質問なんて珍しいなと思いながら、和樹はその時、由美子への何度目かの返事を書いていた。他のみんなも、範子に注意を向けることなく内職を続けている。

「授業中にもかかわらず、手紙が回ってきました」

え、と和樹は顔をあげた。教室の真ん中に立つ範子は、手に白い紙を持っている。みんなの戸惑ったような視線が、範子に集中した。

「まあ、手紙？」

女性教師が、眉を吊り上げる。そして範子の席に近づき、範子の手から四つ折りにされたレポート用紙を取った。

「誰ですか？　授業も聞かないでこんなことしてる人は」

手紙を掲げて教室を見回すが、当然みんな黙っている。その中で和樹と由美子、理穂、麗香は、呆然と範子を見つめていた。ちょっとちょっと、どうしちゃったのよ範子……？

「先生」範子が抑揚のない声で言った。「聞いたって名乗り出るはずがないと思います」

「そりゃあそうだけど」教師は苦笑する。「とにかくこれは没収します。心当たりのある人は後で――」

そこまで言ったところで教師の手から、すっと手紙が取り戻された。

「『なっちんへ。村本君は、どうやらフリーらしいよ。女らしい子が好きなんだって。なっちん、髪を伸ばしてみたら？　今日、部活が終わる頃、待ち伏せしてみよ！　朋子』」

範子が勝手に手紙を開いて朗読したという事実に、教室じゅうが凍りついた。

「……高規さん、ひどい」

なっちんこと宮原那智が、泣きながら教室を飛び出した。

「なっちん、待って！」

白木朋子が慌てて追って出る。リノリウムの廊下を上履きが駆けていく音が、猛スピードで遠のいていった。手紙の中で話題にされていた村本博嗣は、自分の席で真っ赤になってうつむいている。

範子は手紙を再び畳むと、にこやかに言った。

「手紙のやり取りに加えて、ボイコットという罪も加わりましたね。適宜処分をお願いします。では、公式の続きを聞かせてください」

範子が着席すると、気圧《けお》されていた女性教師に平静を取り戻し、咳払いをした。見回りの教師に出くわしたのか、遠くの方から宮原の泣き声に混じって、「保健室に行くところです」と白木が取り繕う声が聞こえてくる。

「ええと、では続けます」

女性教師は教壇に戻り、黒板に数式を書き始めた。平然とした表情で授業を受ける範子の背後で、ざわめきが起こる。が、範子が振り向くと、みんな押し黙った。

「ねえ、何だったのかな、あれ」

昼食の時間、他のクラスメイトが範子に送る冷たい視線が気になって、屋上に移動した。一緒に弁当を食べながらも、由美子や理穂、麗香も戸惑っているのがわかる。このまま放っておけばぎくしゃくし、グループは崩壊してしまう。事情を本人の口から聞いた方が良いだろうと、和樹は思い切って単刀直入に聞いてみた。

「何って、手紙が回ってきたから、適切に対処しただけよ」

範子は食べながら、平然と答える。

「でも別に、先生に言いつけなくてもいいじゃん」

和樹の言葉に、範子は首をかしげた。

「言いつけるも何も、先生に報告するのは当然でしょう？　わたし、何かおかしなことした？」

「え、だって」和樹は戸惑った。「あんなこと、誰でもやるじゃない」

「そうなの？　和樹も？　まさか、由美子たちも？」

範子が眉をひそめるので、四人は慌てて首を振った。

「ううん、うちらはやらない」「うん」「やらないよね」

本当はやっているくせに、咄嗟《とっさ》にごまかした。否定してから、ばつが悪そうに互いに顔を見合わせる。

「ただ……手紙をみんなの前で読んだりするのは、ちょっとどうかな」

遠慮がちに言う理穂に、範子は毅然とした顔をむけた。

「間違ったことをする方が悪いんじゃない？　それに中を見ないと、手紙が誰のものだかわからなかったもの」

「でも宮原さん泣いてやったやん……」

由美子もおずおずと口を挟む。

「泣くくらいなら、最初からやらなければいいのよ」

「間違った、間違ってないで言えば、勝手に手紙を読むことはどうなの？　プライバシーの侵害ってやつじゃないの？」

和樹の斬りこみに、理穂や麗香も、そうだそうだと頷く。

「封はされていなかったから、たとえあの二人から訴えられたって信書開封罪には当たらない。それに、あの時はわたしに回ってきた手紙だから、わたしには読む権利があった。わたしは正しいことをしたのよ」

範子の言い分は尤《もっと》もで、誰も何も言い返せなかった。だけど納得できたわけではない。

「そうや、もしかして」由美子が正解を見つけたように声をあげた。「範子は、宮原さんから何かイヤなことをされたんとちゃう？」

ああきっとそれだ、と和樹は納得した。何かの仕返しだとすれば、よっぽど理解できる。しかし範子は、ますます不可解な表情をした。

「イヤなことなんてされてないけど。さっきから、どうして変なことばかり聞くの？」

「だってあんな」麗香が思い切ったように言う。「クラスメイトを裏切るようなこと……」

「言ってることがわからない。授業を本来あるべき状態に戻そうとしたことより、どうして仕返しをした、という方が理解できるの？　そういう感覚の方がズレてない？」

範子は不思議そうに、和樹、由美子、理穂、麗香を見回した。ごはん粒を口元につけたその表情はあどけなく、ようやく和樹たちは範子に全く悪意がなかったことを理解した。

確かに、範子の言い分は正しい。授業中に他のこと——手紙を書いたり回したり——をするのは間違っている。それをきちんと指摘した範子に戸惑う方が、本来はおかしいのだ。

「そうよね、範子の言う通りだ」

和樹と同じ考えに至ったのか、理穂が力強く頷いた。

「それによう考えたら、みんなの前で注意できるってすごいことやん」

由美子も言い、

「勇気があるよね」

と麗香も同調した。

正論に、目が覚める思いだった。学校は友情をはぐくむ場所、授業なんかより友達との交流の方が大切——頭のどこかでそんな風に考えていた甘い自分の、横面を叩かれた気分だった。範子は、わたしの甘い考えを正そうとしてくれた。やっぱり範子は大人で、えらい子なのだ。

——範子をかばってやらなければ。

和樹は思った。きっと、宮原や白木、そして彼女たちのグループからは範子への風当たりが強くなる。和樹は範子に痴漢から助けてもらった。今度は自分が守る番だ。

範子の生真面目さと正義感が強すぎるばかりに空回りし、たまたま裏目に出てしまった——この時は本当に、その程度に考えていた。

手紙事件が落ち着いて、六月になった。

衣替えでワンピース型の夏服に替わってすぐ、校則通りに制服を着用しているかの抜き打ち検査があった。当時は風紀検査と呼ばれていた。

帰宅前のロング・ホームルームの時間に体育館に集められ、男子はネクタイやベルトを着用しているかやズボンの幅が適切かどうかの、女子はマットの上に膝をつき、スカートの裾がマットに着く――つまり充分に膝が隠れる長さであるかの確認が行われた。

もともとボーイッシュな和樹である。他の女生徒のように、スカートを短くすることに興味はなかった。自慢するような脚でもないし、どちらかというと隠したいくらい。だから入学前に採寸して買ったままの状態で、一切加工することなく夏服に袖を通していた。

周りの女子たちが抜き打ち検査に「しまった」という顔をして一生懸命スカートの裾をひっぱっているのを眺めながら、和樹は何も考えずに膝をついた。

入学してすぐのくじ引きで風紀委員を割り当てられた上川舞子が、和樹のいる列にやってきた。スカートのすそが明らかに短すぎる女子には口頭で注意するとともに、名簿に印をつけていく。そして和樹の番になった。

舞子が立ち止まり、和樹のスカートの裾を眺めた。そして少し困ったように、かすかに眉を寄せる。その時初めて、和樹は自分の制服を見下ろした。

ほんの僅かだが、裾がマットから浮いている。そんなはずないのにと焦り、ふと思い至った。高校に入学してから、急激に胸が大きくなった。それまでAカップで悩んでいたのに、小中と九年間続けていた陸上をやめたことが関係あるのか、いきなりDカップまで成長したのである。胸に尺を取られ、ワンピースの前部分が短くなってしまったのだ。

どうしよう。二センチ以上短ければ反省文を書かされ、両親に連絡も行く。したくてしたわけじゃないのに――

言い訳を考えていると、舞子が「はい問題なし。もう立っていいよ、今村さん」と言った。

普段同じグループでつるんでいなくても、和樹が意図あってスカートを短くしているわけではないとわかったのだろう。それに、よくよく見ないとわからない程度なのだ。

ホッとして、立ちあがろうとした時だった。

「上川さん、今村さんのスカート、短いと思うんだけど」

背後から声がした。振り向くと、後方の列にいる範子だった。

「あ……どうだろ、見た感じ大丈夫だったけど」

舞子がごまかす。

「ううん、短い」範子が自分の列を離れ、和樹の隣に立つ。「今村さん、もう一度、膝をついてくれる?」

範子に名字で呼ばれるなんて、居心地が悪い。言われるまま、和樹は膝をついた。少し前かがみにし、ぎりぎり裾がつくようにする。

「ほらね、大丈夫じゃん」

舞子がホッとしたように言った。

「今村さん、背筋をちゃんと伸ばして」

範子に、ぐっと背中を押された。屈辱だった。裾がわずかに持ち上がる。範子はマットに這《は》いつくばると、舞子の定規できっちりとマットからスカートの距離を測った。

「うん、ちょうど二センチ」

範子が頷く。

「高規さん、ちょっと定規を返してくれる？」範子から定規を取ると、舞子が測り直した。

「二センチもないよ。とりあえず反省文はなしで――」

「上川さん、定規でマットを沈めてから測らないと、正確な数字は出ないでしょう。ほら、こうやって――ね、二センチあるでしょう」

マットの上に定規を突き立て、範子が満足げな微笑を浮かべた。また、あの微笑だ――正義のためにカメラを持ち歩いている、と話していた時の。誇らしげ、とも少し違う。そう、どこか、酔いしれているような。恍惚としているような。

やりこめてやろうという態度ではない。しかし和樹はショックを受けていた。舞子は見逃してくれようとした。なのになぜ、委員でもない範子が横から口を挟んでくるのか。和樹に反省文を書かせて、何が面白いのだ。両親に報告も行ってしまう。

「ね、なんで？」和樹は範子に詰め寄った。「なんでこんなことすんの？　わたしはわざとスカートを短くしたわけじゃないのに。うちら友達じゃん」

範子はきょとんとした。

「故意だとか友達だとか関係ないでしょう。校則なんだから」

「でも――」

その後の言葉が出てこない。そう、校則だから――。正しいのは範子なのだ。

「……わかった」

引き下がるしかなかった。ここで揉《も》めると、見逃してくれようとした舞子に迷惑がかかる。和樹はそのまま違反者の列に並び、風紀担当の教師から注意を受け、反省文用の原稿用紙を三枚渡された。

家に帰り、自分で制服の裾を解《ほど》いて長くしようとしたが、二センチ以上下ろせるほどの幅はない。そもそも、和樹の身長は中一で一六八センチになってからは三年間伸びていなかった。だから高校の制服を買う時、ぴったりのサイズを買ったのだ。実際、身長はそのままである。胸囲のことなど、全く考慮に入れていなかった。

まつり縫いの部分を外して裾を出しても、規定にはわずかに足りない。ほんの五ミリ程のことだが、きっと範子はまた定規を取り出してきて、入念に確認するだろう。

結局、和樹は制服を買い直すしかなくなってしまった。新品の夏服に袖を通してから、たったの一週間。新たな三万円の出費に、両親に申し訳ない気持ちになった。

範子さえ黙っていてくれればよかったのに――

悔しくて、さすがに由美子や理穂、麗香に愚痴りたくなった。

女子のグループで、誰かの悪口を言うのは危険である。悪口はそれ自体が裏切り行為であり、よほどのことでなければ言った者が孤立するはめになってしまうことが多いからだ。

けれども、これに関しては味方になってもらえる自信があった。範子こそが裏切り者なのだから。もう範子と一緒にお弁当も食べない。郊外学習の班からも外れてもらおう。

そう決心して、次の日登校した。

が、学校では意外な展開になっていた。他のクラスの風紀委員が、仲の良い友達の違反を見逃したことが大問題になっていたのである。三学年十八クラスのうち、問題となったクラスは十二クラス。つまり半分以上が不正をしていたことになり、厳しく注意を受け、連帯責任としてクラス全員が反省文を書かされることになっていた。しかし和樹のクラスにはお咎めはなかった——

「高規さんのお陰だわ」

校長先生からも褒められたらしい舞子は、にこにこしていた。朝のホームルームでは担任も「友情っていうのは友達の不正を隠したりすることじゃないぞ。このクラスはそういうことがちゃんとわかっている」と誇らしげに喜んだ。

不正って。わたし、別に不正なんか——

和樹は、唇を噛んだ。けれど、

「範子って、やっぱりえらい子やなあ」

ホームルームが終わり、一限目で理科室に移動するとき、由美子が感心したように言った。

「う、うん、そうだね。本当にえらい」

和樹は頷くしかなかった。この空気の中では、とても範子に対して不満は言えない。

「真面目だもんね、範子は」

麗香も口を揃える。

「うん、範子の指摘がなかったら、うちらも全員、反省文だったもんね。こういう子、クラスに必要な存在だよ」

理穂も頷いた。

必要な存在——

やはりそうなのか。範子のしたことは、百パーセント正しくて、間違っているのは、不満を持つ和樹なのだろうか。

範子への愚痴をぶちまけなくてよかった。もしそうしていたら、グループからはじき出されるのは自分になるところだった。

これでよかったんだ。これで。

宮原さんや白木さん、そして自分。範子にとっては、仲が良いからとか悪いからとかじゃなくて、ちゃんと筋を通す子なんだ。公平な子なんだ。

友情に流されずに、けじめをつける。それって、すごいことじゃないか。やっぱり範子は、誇りだ。

そう言い聞かせながら、和樹は新調する制服の代金三万円を、職員室まで支払いに行った。

職員室に入ると、壁に貼り出してある古びたポスターが目に入った。白黒で描かれた、おかっぱ頭に制服姿の女生徒の全身像。絵の脇に、前髪の長さやヘアゴムの色、スカートの長さ、靴下の長さと色などが細かく書き添えられている。

それは模範生徒の図だった。生徒手帳にも、縮小版が載っている。

ああ、そうか——

和樹はポスターをじっと見つめた。

範子をどこで見かけたのか、やっとわかった。

範子は、この模範生徒の図にそっくりだったのだ。

違和感が決定的になったのはその年の秋、文化祭でのことだ。

中学時代とは違う大規模で本格的な模擬店、ダンスパフォーマンス、バンドのライブなどに、和樹たちははしゃぎっぱなしだった。

最終日のキャンプファイヤーが終わると、まだ興奮も冷めやらぬまま、片付けが始まった。祭り気分の延長で、ふざけ合いながらゴミを拾い、まとめていく。校舎の中も外も、生徒たちのはしゃぎ声と活気に溢《あふ》れていた。

和樹と範子は、燃えるごみをまとめる係だった。当時はまだリサイクルという概念はなく、「燃える」「燃えない」の二種類で分ける程度だった。ダイオキシンが問題になる前で、校内に焼却炉もあった。和樹と範子はプール脇にある焼却炉まで、段ボール箱に山盛りになったゴミを台車に載せて、運んでいた。

校舎の隅っこには青白く光る外灯が一本立っているだけで、気味が悪かった。

「早く終わらせて行こう」

和樹は範子を急かす。

と、暗闇のなかに蛍のようなものが揺らめくのを、視界が捉えた。目をこらすと、闇の中に何人かの学生服が溶け込んでいる。

——煙草だ。

範子も気づいたようで、焼却炉の扉を開けたまま、手を止めて眺めている。二年生や三年生だろうか。不良っぽい雰囲気はなく、煙草の吸い方も慣れていない様子で、時折咳き込んでいた。文化祭で解放的になり、ちょっといきがってみたかった、羽目を外してみたかった……そんな感じだった。

ご愁傷さま、と和樹は心の中で彼らに告げた。範子のことだから、すぐさま教師を呼びに行くだろう——そう思った時、背後から「こらあ、お前ら！」と怒声が飛んできた。やべえやべえ、と男子生徒たちが慌てて煙草を踏み消しているところに現れたのは、体育教師の矢沢だった。

翌年に定年退職を控え、頭髪も眉毛も真っ白のおじいちゃん先生だが、柔道の猛者《もさ》で、毎年全国大会に出場している。厳しいが温かく、不登校の生徒がいれば根気よく自宅まで通って話を聞くなど、保護者からの信頼も厚い。畏《おそ》れられつつ好かれている、昔気質《むかしかたぎ》の教師だった。

矢沢は、逃げようとする男子生徒の首根っこをひっ捕まえ、その場に正座させた。いかつい矢沢から、いつゲンコツが飛び出すかと、生徒たちはおどおどしている。が、矢沢の口から出たのは、驚くほどやさしい声だった。

「煙草、吸いてえよな？　興味あるよな？　俺もお前らくらいの年の頃、そうだったよ」

生徒たちは「え？」と顔を上げた。焼却炉の前にいる和樹も、思わず身を乗り出して耳を傾ける。

「二十歳になって吸うのも、十七、八で吸うのも、別に変わらんって思うよな。でもな、お前らの体は、まだ発展途上でな。若いうちから吸っちまうと、色んな病気になるリスクが高くなるんだわ」

穏やかな口調で、一人一人の目を覗き込む。

「病気なんて言っても、まだ若いお前らにはピンとこねえだろうな。けど、確実にニキビは増える。背も伸びねえ。口はヤニ臭い。女の子にモテないぞー。そんなの嫌だろ？」

矢沢が笑う。

「長い人生じゃねえか、あとほんの数年だけ、がまんしてくれよ。お前らなら、できるよな？」

矢沢が両方の手のひらを上に向け、差し出す。その上に、一人の生徒がおずおずと煙草の箱を置いた。続いて二人、三人と、その上に煙草の箱を積み重ねていく。

「よおーし、みんないい子だ」

矢沢は笑顔で頷き、煙草をジャージのポケットにしまった。

「二十歳になるまで預かっといてやる。成人したら、俺の隠居先まで取りにこい。その時は酒でも飲もうや。な？」

矢沢が大きな手で生徒たちの頭をくしゃくしゃと撫でると、彼らはすすり泣いた。

「すみませんでした……」

男子たちは口々に言い、頭を下げた。頭ごなしに怒られるより、よほど心にガツンときただろう。和樹は、矢沢の指導に感心していた。

和樹と範子は、そのまま焼却炉にゴミを投げ入れ、校庭に戻った。範子がチクる前に矢沢が見つけてくれて良かった、と和樹は思っていた。

しかし、話はこれで終わらなかった。少しすると、警官が自転車に乗ってやってきた。

「未成年者の喫煙ということで通報があったんですが」

片付けもだいたい終わり、もうすぐ解散という時だった。何も知らない職員や生徒が戸惑う中、颯爽《さつそう》と範子が進み出る。そして矢沢と、煙草を吸っていた生徒を指さしながら、あれこれ説明していた。その様子を見ながら、和樹は愕然《がくぜん》とした。冗談でしょ、どうしてここまでするの？

「なるほどなるほど」

若い警官は矢沢と校長からも話をひと通り聞くと、男子生徒たちに念を押した。

「先生のお話は、よくわかったんだよな。もう二度と喫煙はしないな？」

男子生徒が神妙な面持ちで頷くと、警官は矢沢と校長に向き直った。

「煙草は先生が没収してくださったし、本人たちも反省しているようですね。どうでしょう、学校でのことは学校で処理していただいては……。補導となれば警察に記録が残ってしまいますし。将来のある生徒さんですから」

心優しい警官は機転を利かせ、「もう絶対にするんじゃないぞ」と諭すだけで去って行った。

和樹はホッとした。教師に相談もせず、いきなり警察に通報する範子をそら恐ろしく思いながら、家に帰った。

しかし、この件はまだ終わらなかった。それどころか翌日、さらに大きな問題になっていたのである。

範子は県の教育委員会に報告し、マスコミにもファックスを送ったのだ。

『○○高校において、教師・矢沢元則が生徒の喫煙をもみ消し、警官である松下浩二は生徒の不良行為を放置した。つまり罪を犯した生徒を学校、警察ぐるみで隠蔽《いんぺい》したのである。許されない卑劣な行為であり、わたしは断固抗議する。

○○高校一年2組　高規範子』

新聞にも大きく取り上げられ、矢沢は徹底的に叩かれた。停職三か月となったが、「このような甘い処分が教師を堕落させ、高校を荒れさせるのだ」と世論が許さず、最終的に矢沢は、定年間近にして辞表を出し、退職金も辞退することになった。もちろん、教師としての再就職の道も断たれた。

世論の圧力により、校長と教頭も辞職に追い込まれた。問題の男子生徒らは停学処分となり、また、野球部やバスケ部に所属していたことから、それらの部活は甲子園やインターハイの出場権を失った。警官も懲戒処分となった。

「ねえ範子」

騒動の中、和樹は詰め寄った。

「どうしてこんなに騒ぎを大きくしたの？　矢沢先生は悪くないじゃん。退職金で、不登校の子が通える補習校を作るって言ってたのに、それもできなくなったんだよ。気の毒だって思わない？」

「わたしは正しいことをしただけよ」

範子は、また満足げな、あの微笑を浮かべた。

「でもさ、融通っていうか――」

「融通？」範子は、心底不思議そうに首を傾げた。「それは、正義よりも大切なことなの？」

どう説明をすればいいかわからず、和樹は言葉に詰まる。

「とにかくわたしは、正しいことにしか興味がないし、間違ったことが許せないの」

言い切る範子は、元の無表情に戻っていた。言葉には抑揚がなく、声も人工音声のように味気ない。

まるでサイボーグ。

人間らしい感情や心の機微を解さず、ただひたすら正しいとプログラムされたことを遂行する。

その過程で誰かが傷つこうが破滅しようが、サイボーグには関係がないのだ。

「範子のこと、どう思う?」

思い切って、由美子に聞いたことがある。

「どうって?」

「文化祭の喫煙事件とか……」

「ああ、やっぱりすごい子やなあって思った!」由美子は感心したように言った。「あれ以来、みんなめっちゃ真面目になったやん? うち、びっくりした! 正義のヒーローみたいやんね」

やっぱり正しいのは範子なのか。

範子をおかしいと思う和樹が、間違っているのか——

それ以来、和樹は範子への不満を、自分の中だけに閉じ込めることにした。グループから孤立するよりはマシだし、高校を卒業するまでの辛抱なんだから——そう言い聞かせて、三年間を過ごした。

高校を卒業後、和樹は九州の国立大学に進んだ。由美子と範子はそのまま地元の短大と四年制大学に、理穂はアメリカの大学に進学し、麗香は上京して芸能活動に力を入れることになった。

それぞれ離れて新生活が始まると、自然とグループの交流は途絶えた。新しい友達、サークル活動などに刺激を受けるうちに、規範そのものである女友達のことなど、和樹の頭からするりと抜け落ちていった。

大学の社会学部で学ぶうちに、和樹はジャーナリズムにめざめた。

昔から新聞を読んだり報道番組を見るのが好きだったが、たまたま選択授業で取ったジャーナリズム論が面白く、自分でもやってみたいと思い始めたのだ。教授や先輩に勧められるまま文献を読み漁り、ゼミの課題で取材し、記事を書いて発表した。

就職活動は、東京の大手出版社を片っ端から受けた。決してなくなることのない政治家の汚職、大手企業の不正、冤罪《えんざい》被害などを、マスコミという立場から徹底的に検証し、それを社会に発信していきたい――そんな熱い思いを面接でぶつけた。その結果、大本命だった楓《かえで》出版に入社することができた。

楓出版は文芸にもジャーナリズムにも強い大手出版社である。最初の三年間は週刊誌の政治部に配属され、永田町を取材で駆けまわった。その後ノンフィクション書籍部に転属になり、新しい企画を出すように命じられた。

週刊誌もやりがいがあったが、じっくりと作り、長く読んでもらえる書籍を作りたいと願ってもいた。和樹は早速、過去の有名事件を新たに検証し直すという企画を起《た》ち上げた。

何人かの優秀なライターと組み、「千葉県幼児連続誘拐殺人事件　十年目の真実」や「エリートOL殺害事件　冤罪はこうして起こった」などを編集し、刊行した。新しい証人や目撃者を探し出して斬新な証言を盛り込み、フレッシュな視点で事件を語り直す――和樹の企画は「忘れられた事件シリーズ」として話題になり、テレビドラマ化もされた。業界の中ではヒットメーカーとして認知され、忙しく駆けずり回っているうちにあっという間に八年が過ぎた。

和樹には、どうしても自分で手掛けたい事件があった――油田開発権益獲得のためのヤミ献金事件である。東南アジアでの油田開発権益獲得のため、石油会社の会長が当時の国交相・山本守にヤミの政治献金をしたと騒がれた。山本は「秘書が勝手に自分の名前を使った。何も知らない」と突っぱね、また証拠に乏しく山本本人の立件はできなかった。

もう十年前の事件で、とっくに時効でもある。けれども和樹は、もう一度この事件を検証すべきだと思った。山本の名が、次期総理候補として囁《ささや》かれ始めたからだ。

国民は、とっくにヤミ献金事件を忘れている。いや、立件されなかったことで、そもそもなかったことになっている。それどころか山本は時折お笑い芸人がホストを務めるトーク番組に出演するなど、着々と人気を獲得している。こんな男が総理になっていいのか。今こそ、自分があの事件を掘り返すべきではないのか――

企画を立ててライターを探すのではなく、自分の目と足で取材し、じっくり執筆すべきだと思った。腰を据えて取り組みたくて、会社には辞表を提出した。上司には引き留められたが、和樹が自分の信念を話すと、「思いっ切りやれ。必ず、うちで出すから」と応援してくれた。

これまでにもこの事件を題材にしたルポルタージュはあったが、結局はどれもが新聞の記事をなぞったものに過ぎなかった。しかし和樹は、実行犯とされる山本の元秘書・田淵からの話をメインに構成したいと考えていた。田淵は「自分が勝手にやりました」と認め、懲役二年の判決を受けたうえ、収受したとされる利益、一億円を没収された。

本当に、秘書の単独犯だったのか。没収された一億円が、本当は誰の手に渡るものだったのか——和樹はそこに、事件の鍵が潜んでいると考えた。

田淵はとっくに出所しているはずだが、居所は全く分からなかった。毎日リサーチやインタビューに飛び回り、田淵の行方を探しながら、せっせと原稿を書き溜めていった。

高規範子に再会したのは、そんな超多忙の日々を送っていた時である。卒業十五周年記念の同窓会の通知が届いたのだ。

へえ、もう十五年になるのか。

目まぐるしい日々の中で、故郷のことはほとんど思い出さなかったし、帰省もほとんどしていない。実家から転送されてきた往復はがきをソファに寝っ転がって眺めていると、徹夜明けで疲れ切った脳裏に、懐かしいのどかな風景が浮かんできた。

取材に飛び回るだけの殺伐とした日々から、一日だけ逃れるのも悪くない。実家に顔を見せがてら、出席してみるか。

そう思い立ち、何年かぶりに山梨に戻ったのであった。

「やだもう、みんな元気そう！」

十五年ぶりの再会に、和樹ははしゃいだ。

由美子は少しふくよかな二児の母になっていた。理穂は留学後アメリカ人の夫とともに帰国し、ビジネスを起ち上げているという。麗香は中堅女優として活躍しており、美しさに貫禄が加わった。一人娘だった範子は、父の部下だったという男と見合いをして婿養子にもらい、専業主婦として小学生の娘を育てている。十五年たっても範子はおかっぱでメイクもしておらず、わずかに皺が刻まれた以外は、ほとんど高校時代と同じだった。

「うちらも三十四歳かー」

ぼやきながら、食べて飲んで、ひたすらおしゃべりをする。和樹がノンフィクションの本を書いていると告げると、みな一様に驚いた。

「え、すごい。独立したの？」

自らも実業家である理穂が、興味津々で身を乗り出す。

「前は楓出版にいたってことは、その時にも本を作ってたん？」

「まあね。『忘れられた事件シリーズ』って知ってる？」

「知ってる知ってる！　テレビドラマにもなってたじゃない。やだあ、役があったらオファーしてよね」

鼻を膨らませた麗香に、みんなで笑った。

「和樹は昔から、ニュース番組とか新聞が好きだったもんね。すごいね、読ませてもらうね」

範子も微笑んだ。高校時代の仲間が喜んでくれたことに、和樹は嬉しくなった。

話しているうちに、由美子が八王子、理穂は広尾、範子は目黒に住んでいることがわかった。

「なんだ、全員東京にいるんだ」

てっきりばらばらになったと思っていたのに、いつでも会える距離にいた。あらためて近々ランチをしようと盛り上がる。

「じゃ、幹事は和樹ね」

あっさり理穂が決めた。

「もおー、卒業してからも、こういうのは結局わたしの役目なわけ？」

和樹が口を尖らせると、どっと笑いが起きる。まるで高校時代に戻ったみたいだった。


東京に帰ると、いそいそと店を探し、みんなにメールをした。そもそも、高校時代にもメールという連絡手段があれば関係は途絶えていなかったかもしれない。通信手段の進化に、つくづく和樹は感謝する。

ランチ会を楽しみにしながら、和樹は張り切って仕事をこなした。引き続き、元秘書・田淵の行方を追った。彼の出身地である八戸《はちのへ》に何度も足を運び、地元の人々から田淵の子供時代の話や人となりを聞きだした。

ランチ会前日の夜まで取材をし、高速バスで東京に戻り、その足でレストランに顔を出した。歯も磨いていない。メイクもはげている。髪も服もくしゃくしゃだ。けれども高校時代からの友は、笑って受け入れてくれる。寝不足だったが、他愛もない話をしているうちに疲れは吹き飛んでいった。

賑やかに食事を終え、支払いの段になった。割り勘で計算し、集めた金をまとめて和樹がレジに持って行く。

「あ、領収書下さい」

フリーランスになってから、外食すると必ず領収書を切ってもらう。不安定な身分、経費に計上できそうなものは、なんでもしてしまいたい。

「領収書、もらっちゃっていい？」

たった今書いてもらったばかりの紙をひらひらさせながら聞くと、由美子や理穂が「どうぞどうぞ」と口を揃えた。

「じゃ、いただくね」

財布に領収書を早速仕舞う和樹に、由美子が「かっこええわー。すっかり自営業の女って感じやん」とからかう。

「やーね、そんな優雅なもんじゃないわよ。これまでは出版社から取材費が出てたけど、これからは全部自分持ちなんだから。豪華客船から、笹の舟に乗り込む気分だわ。今日のランチくらい経費に盛り込まないとね」

本音半分、謙遜半分で言った時、範子が口を挟んだ。

「それは脱税よね」

その場の雰囲気が、一瞬で凍りつく。

「割り勘で支払った額が、まず和樹一人が支払ったことになっている。しかもあくまでもプライベートな会合だったけれど、和樹は仕事がらみの接待交際費として記帳する。つまり、確定申告の際、税金が軽減される」

まるで台本でも読むかのように、範子が淀みなく一気に言った。

「やだ、脱税なんて、そんなつもりじゃ……」

自分でも顔色が変わるのがわかる。こんなこと、フリーランスの友達は結構やってる。この領収書をもらったことによって受ける恩恵なんてたかが知れたもの。それなのに脱税なんて……。

そうだった。範子って、こういう子だった――

「和樹はフリーとして独立したばっかだもん、知らなかったんじゃない？」

理穂がさらりと言った。

「そうやわ。経理って大変やもん。会社に勤めてた頃、経理部にいた同僚なんて円形脱毛症になってたし」

由美子がヤダヤダと首を横に振った。

「あたしはお財布を持つ生活なんてずっとしてないから、忘れちゃったわ」

麗香が芝居がかった仕草で髪をかきあげ、おどけた。おかげで空気がほぐれた。

三人は、和樹に恥をかかせないように気を遣ってくれているのだ。

でも――

でも違う。やっぱり自分が悪い。和樹の頭の中に、税務署から調査が入るという想像が浮かんだ。

みんながやってるからＯＫとか、少額だからいいとか、そんなことを思ってしまった自分が悪い。もし明るみに出てしまったら、出版社の人にも迷惑がかかるんだ。頭の中に「ノンフィクション作家、脱税で逮捕」という見出しが躍り、和樹は身震いした。

「ありがとう、範子。軽い気持ちでやろうとしちゃってたわ。止めてくれて助かった。やっぱり範子は、頼りになるね」

和樹が領収書をくしゃっと握りつぶすと、範子は「わかってくれればいいのよ」と満足げに微笑んだ。そうだ、この表情——正義をなした後の、この恍惚とした微笑。範子は、高校の時から少しも変わっていない。

それから喫茶店でお茶を飲んだ。ここでは領収書をもらわなかった。とりとめもない話をして、笑顔で別れた。

みんなとは反対方向の電車に乗る。ホームで笑いながら手を振り合った。発車して彼女たちの姿が見えなくなると、重力に吸い取られるかのように和樹の頰から笑みが消える。

どうしてなんだろう。楽しかったはずなのに。

高校時代に感じた、範子と一緒にいる時の疲労感が蘇ってきた。大切な女友達のはずなのに、どうしてこんなに疲れるんだろう。

もしかして、わたし——

嫌いという言葉が浮かびかけて、慌てて首を振る。

何を言ってるの。言いにくいことを、ちゃんと指摘してくれただけじゃない。あんなにいい子なのに。間違ってたのはわたしの方なのに。

そう言い聞かせながら帰宅した。

しかし不快感は、次の日起きてからもぬぐえなかった。心の内側が真っ黒なタールのようなものでべったりと汚れていて、それが体の外側にまでしみだしてくる。

シャワーを浴びてコーヒーを飲み、無理やり頭を覚醒させる。パソコンの前に座って仕事をしようとするが、考えてしまうのは範子のことばかりだった。

煙草をくわえ、火をつける。そのまま深く息を吸いこみ、大きく吐いた。

和樹は壁にかけたカレンダーを見る。昨日の別れ際、理穂が二か月に一回くらい集まろうと言い出し、全員が大賛成していた。範子を苦手に思うのは、やはり和樹だけなのだろう。

二か月なんて、遠い先。それなのに。

イヤでイヤでたまらない——

高校の時に感じていた違和感、不快感。それを昨日のことで、まざまざと思い出してしまった。

「範子に会いたくない！」

コンクリートの壁に反響するくらい、大声で叫んだ。ここは自分の部屋。誰に気兼ねがいるものか。

「範子のこと、だいっ嫌い！」

正しい人間だろうが、嫌いな奴は嫌いで何が悪い。認めると、胸がスッとした。

次のランチ会は行かないでおこう。気が楽になって、和樹はゆったりと煙草の煙を吐きだした。


こつこつと取材を続けるうち、田淵の前妻が東北地方にいることを突き止めた。

逮捕されたことで家庭は崩壊し、前妻は二歳の息子を置いて家を出たらしい。どこへ行ってもマスコミに追われ、疲れ果て、住み込みで水商売をしていたが、今では風俗店に身を落としているということだった。和樹は東北の風俗店を片っ端から尋ね歩き、見つけることに成功した。

取材に打ち込んでいる間に、二か月はあっという間に過ぎていった。

『ごめん、風邪引いて行けない。今日はみんなで楽しんでね』

ランチ会の朝、携帯から全員に送信する。しばらくすると『マジ？　大丈夫？』『残念』『お大事に』『ゆっくり休んで』などと返信が届いた。

これでいい。

和樹はにんまりとし、ベッドの上で伸びをした。

平日に学校を休んだような充実感。仕事を言い訳にして普段サボっている洗濯をし、掃除機をかける。気分がのって風呂のカビ取りまでしていると、インターフォンが鳴った。

ネットで取り寄せた資料だろうか。ゴム手袋を外しながら大慌てで走り、応答ボタンを押した。

――ごめんね、起こしちゃった？

範子だった。機器越しの声が、合成音声のように聞こえる。首筋が粟立ち、全身へと広がっていく。

「どうして？　だってランチ会は？」

――仲間が風邪で寝込んでるってのに、呑気にランチなんてしてられないわよ。来週に延期したから。同じ時間に、同じ店。

「来週……」

結局、逃れられなかったのか。だったら、今日は這ってでも行けばよかった……。鉛の錘《おもり》を付けられたように、全身がだるくなる。

――おかゆ作ってあげる。材料、買って来たから。

仕方なく、共同玄関の解錠ボタンを押した。

一番逢いたくなかった女は部屋に上がり込むと、早速台所に立った。自分のテリトリーに範子がいる。居心地が悪い。正義のサイボーグのレーダーに、自分の生活空間をスキャンされてしまいそうだ。

米を煮ている間にキッチンカウンターを拭いていた範子が、「あ」と声をあげた。

「このボールペン。楓出版のロゴが入ってるのね」

「え？　あ、うん」

正直、どんなペンを使っているかなど、意識はしていない。家で仕事をするときはもっぱらパソコンだ。

「働いていた時に、支給された備品ってこと？」

「かもしれない。いちいち覚えてないけど」

「退職してからも持っているのは、業務上横領になるわね」

「――はあ？　たかがペン一本じゃない」

「会社の資産であることに変わりはないわ。これが現金だったらどう？　たとえ十円でも百円でも、持ち出してはいけないって思うでしょう？　それから、このメモ帳なんだけど」

やはりカウンターの上にあったメモ帳を、範子は取り上げ、和樹につきつけた。

「仕事に使ってるみたいだけど、下の方に、買い物リストが書いてあるわよね」

和樹は大股で範子に近づくと、メモ帳をひったくった。用紙の上の方には、取材で見聞きしたことが乱暴な字でメモしてある。そして同じページの下の余白に、白菜、うがい薬、歯磨き粉、と走り書きがあった。

「だから何だっていうの？」

「仕事の経費でこのメモ帳を買ったのであれば、私的利用をしてはいけないでしょう」

「わかったよ！　だったら、ちゃんとその分を帳簿上で調整するから。このメモ帳の代金から、この余白分の一円分だか二円分だかを引けばいいんでしょ！　ボールペンだって返却するから！」

和樹はメモ帳をカウンターの上に投げつけた。範子が、何の感情もないレンズのような目を和樹に向ける。

「どうして怒るの？　わたし、何か間違ったこと言ってる？」

「……言ってない」

間違っていないから、腹が立つのだ。

「ああ、おかゆが煮えたわよ。溶き卵、入れてもいいよね？」

範子は何もなかったかのようにコンロの前に立つと、手際よく最後の仕上げをした。

「はいどうぞ」

ダイニングテーブルの上に、小さな土鍋に入ったできたてのおかゆが置かれる。和樹は乱暴に椅子を引いて座ると、れんげを持った。食べないつもりだったが、良い匂いが漂って、手料理に飢えた胃袋を刺激する。ひと口すくって食べると、懐かしいような優しい味が広がった。

「……美味しい」

「そう？　じゃあよかった」

範子はスーパーの袋から野菜や鶏肉を取り出すと、リズミカルに切り始めた。

「チキンスープとか、日持ちするものを適当に作っていくから」

範子が料理をするそばで、和樹はおかゆを食べる。専業主婦とはいえ、範子だって小さな子供を抱えて忙しいし疲れているはずだ。それなのにこうして電車を乗り継いで来てくれたんじゃないか。スーパーは、駅を挟んで和樹のマンションとは反対方向にある。わざわざそこで買いものをしたあと、重い荷物を持ってここに来て、おかゆを作ってくれた。

これまで範子が和樹に対してしてきたことは全て、百パーセント正しい。不快に思うのは、やっぱり和樹の方が間違っているからなのか――？

電話が鳴って、ハッと顔をあげた。携帯ではなく、固定電話だ。和樹はおかゆを口に含んだまま立ちあがり、カウンターへ行く。しかしナンバーディスプレイに公衆電話の表示が点滅しているのを見ると、受話器を取らずに留守番電話が応答するのを待った。

『恥知らずめ。お前なんて死んだ方が世のためだ』

ボイスチェンジャーを通した、男とも女ともつかない声がスピーカーから聞こえ始める。範子が驚いたように調理の手を止めた。

『早く死んでしまえ。でないと、いつか殺す』

不気味な笑い声を残して、通話は切れた。

「今のは何？　脅迫電話？」

範子が眉をひそめる。

「ああ、気にしないで。時々、かかってくんのよ。本を出すたびに敵が増えていくからさ」

「誰から？」

「わかってたら、とっ捕まえてるって。警察に被害届は出したし、犯人不詳でも告訴できるけど、公衆電話が使われてるなら犯人特定は難しいって言われてさ。まあ確かに気持ち悪いけど、今まで何もされたことないし」

「今まで って……どれくらい前から？」

「どれくらいだっけ。二年くらいかな」

「そんなに？　公衆電話からの着信を拒否すれば？」

「ダメダメ。公衆電話からかけてくる情報提供者もいるから。そりゃあ最初の頃は怖かったよ。でも、直接手を出せない弱っちい野郎だからこそウジウジと電話をかけてくるんだってわかったから、今は平気」

「どうして和樹の自宅の電話番号を知ってるのかしら」

「名刺にも載せてあるし、ちょっと調べればわかるんじゃない？　仕方ないよ、『忘れられた事件シリーズ』の仕掛人として名前も顔も売れたから、有名税」

和樹はわざと笑い飛ばし、席に戻っておかゆを食べ始めた。

本当は、電話が来るたび気が滅入る。実際、もうおかゆの味はわからなくなってしまった。けれども脅迫電話くらいで怯《おび》えていては、男性ジャーナリストに負けてしまう。少々のいやがらせや危険に対峙する覚悟が無くては、女ひとり、フリーでなんてやっていけない。

「わたし、今日、泊まっていくね」

再び包丁を動かし始めた範子が言う。和樹は耳を疑った。

「……はぁ？」

「泊まっていく。また脅迫電話がかかってくるかもしれないでしょ？」

範子がこの家で過ごす？　冗談じゃない。

「いや、その……」

「遠慮しなくていいから。娘は主人に任せればいいし」

お前の都合なんて聞いていない。わたしが、イヤなのだ。

「ひとりじゃないと落ち着かないから」

怒鳴りつけて追い返したいところを、なんとか大人の対応で遠回しに断る。しかし範子は、

「ひとりで抱えようとしない方がいいよ。なんならわたし、一週間くらいいてもいいし」

と続けた。

こんな女と一週間。気が遠くなった。

自分の行動が、全て正しいという前提。喜ばれて当然という態度。何度も何度も押し問答が続き、ついに和樹は爆発した。

「だからぁ、泊まってなんてほしくないって言ってんの！」

一度堰を切ると、もう止まらなかった。

「あんたと一緒になんて、いたくないわけ。今日のランチも、会いたくないから仮病を使ったの。ずっと我慢できなかった。ひとの揚げ足ばかり取って、えらそうに指摘して、いったい何様なわけ？　今日も勝手に押しかけてきてさ。あんたのそういうとこ、高校の時から大嫌いだったの。ほら、さっさと帰ってよ！」

まだ料理をしていた範子の手から調理器具や材料を取り上げ、ハンドバッグと共に玄関から押し出した。鍵を閉め、U字ロックをかける。

ついに言ってしまった。どんなに嫌いな人間でも、面と向かって嫌いだと告げるのには勇気がいる。

けれども後悔はしていない。和樹は軽い興奮状態のまま、肩で大きく息をした。

そっと覗き穴から見ると、すでに範子はいなくなっていた。

これでもうランチ会に行かなくてもいい。二度と範子と顔を合わせなくてすむ。そう、もう仲良しグループが必要な高校時代じゃないのだ。無理する必要なんてない。

あーあ、もっと早く言ってやればよかった――

和樹は鼻歌を歌いながら、携帯電話で範子の番号を着信拒否に設定した。

もう二度と会うことはないと思っていたのに、三週間後に再会した。朝、マンションを出ようとすると、範子が待ち伏せていたのだ。

「ああ良かった。電話しても繋《つな》がらないから」

無視されているということが、この女にはわからないのだろうか。つくづくうんざりしながら、和樹は最寄り駅へと急ぐ。

「ねえ和樹、メール見た？」

範子が追いかけてくる。

「見てない」

範子のアドレスも迷惑メールに登録し、受信トレイには届かないようにしてあった。

「脅迫電話をかけてきたのは、西村靖幸よ」

「――え？」和樹は思わず足を止める。

「三年前に『忘れられた事件シリーズ』で、幼女買春で捕まった俳優について書いたでしょ。その男よ」

あっさりと述べる範子を、和樹は目を見開いて見つめる。

「ちょっと待って、何？　どういうこと？」

「せっかく復帰したのに掘り返されたことが悔しくて、つい脅迫電話をしてしまったらしいの」

「えっと、でも……範子はどうして……」

「脅迫電話が始まったのは二年前なんでしょ？　だからそれ以前に『忘れられた事件』の題材になった人を訪ねてみたの。服役中の人以外だけど」

二年前までに七冊刊行している。題材となった七名のうち、社会に戻っているのは三名――子供を虐待死させたアナウンサー、大麻を栽培していた女性アイドル、そして――海外で幼女買春を繰り返していた俳優。

「全員ひっそりと復帰して、個人事務所を起ち上げてたから簡単に見つかった。そして単刀直入に『今村和樹に脅迫電話をかけていないか』って全員に聞いてみたの。もちろん誰も認めないけど、声紋鑑定をするから声を録音させてほしいって頼んだら、三人のうち二人は、これ以上和樹に悪く書かれたくないもんだから、録音に応じてくれた。ただし、西村だけは違った」

西村は真っ青になり、その場で土下座したという。

「これでちゃんと告訴できるわね。刑法二二二条、脅迫罪になる。和樹が精神的に参っていることが証明できれば、二〇四条の傷害罪が適用される可能性もあるわ」

範子は、満足げな微笑を浮かべた。

「和樹って昔から、自分のこととなると、からきしダメなんだもん。痴漢事件の時だってそうだった。意外と自己主張が下手なんだから。繊細なのね。まあだからこそ、人の心に訴える文章が書けるのかもしれないけど」

そう。そうなのだ。ガサツで男勝りと思われるが、心の中ではいつも傷ついたり怯えたりしている。そんな自分のことを、範子はよく理解してくれているのだ。

だけど……

やっぱり素直に感謝できない。助けてもらったのに、どうしても有難うと言えない。

悪い子じゃない。いや、常に正しいことをしているのだから、善人であることは間違いない。

それなのに心が引っかかってしまうのは、自分の度量が狭いからなのか。誰が自分のために、ここまで行動してくれた？　高校時代のみならず、大人になっても助けてもらいながら、範子の批判ばかりして。人間として欠陥があるのは範子ではなく、自分の方ではないか。

「範子……ありがとね」

やっと口にすると、範子が笑みを返した。

「じゃあ、明日のランチ会には来てくれるわよね？」

「明日？」

「そうよ。和樹が風邪で欠席して持ち越しになったじゃない」

あれから三週間。範子に関わりたくなくて、由美子たちから連絡があっても「仕事で忙しいから」と返してきた。あれから毎週順延されているということか。

「うん、喜んで」

ここで断っては女がすたる。

この件以来、和樹はちゃんとランチ会に出席するようになった。どんなに忙しくても、恩人である範子のためには時間を割いた。そして他の三人も必ず出席できるように、気を配った。当日になって由美子の子供たちが風邪を引いたと連絡があった時など、和樹は病児シッターを手配したりもした。

そうやって、再会して最初の一年は順調に過ぎたのに――


カッと目の前が真っ白く光り、和樹は驚いて招待状から指を離した。窓の外は、いつの間にか灰色に沈んでいる。強い風に木々が揺れ、雨が激しい音を立ててベランダに打ち付けていた。どおん、という地響きに続いて、バリバリバリ……と空を裂くような音がする。

和樹はのろのろと立ちあがり、掃き出し窓を閉めた。ベランダのむこうには、嵐に揺れる街並みが広がっている。

そうだ。

五年前。

範子が最後にこの家にやって来た日。

あの日も、こんな嵐の日だった……。

範子との関係が狂い始めたきっかけは、やっと出版にこぎつけた『ヤミに蠢く金——ヤミ献金事件の真実』が、ノンフィクション作品に贈られる竹下洋一ノンフィクション賞にノミネートされたことだ。

必死の思いで探し出した元妻から田淵本人に接触することに成功し、説得の末、真実——主犯は山本だったこと——を語ってもらうことができた。たとえ時効を迎えており、罪に問われなくても、山本の罪を暴いた和樹の本は大センセーションを巻き起こした。世間から非難を受け、次期首相とまで囁かれた男は失脚、政治生命を絶たれたのだ。

竹下洋一ノンフィクション賞は新聞社が主催しており、後援にはテレビ局と映画会社がついている。これまでの受賞作はほとんどがテレビドラマ化や映画化され、作者はコメンテーターとしてメディアで活躍することも多い。受賞できれば今後の出版の足掛かりにもなるし、印税の何割かを前金としてもらえるよう交渉もできる。そしてなんといっても一番のメリットは、取材対象者に信頼してもらえることだ。以前は大手出版社の名刺があったが、フリーランスになってからはうさん臭い目で見られ、取材対象者が腹を割って話してくれないばかりか、会うことすらままならないこともあった。受賞できれば、これまでどれだけ叩いても開かなかった色々なドアが開く。諦めていた大物にもアプローチできるかもしれない――。

ノミネートの通知を受けた和樹は、まさに天にも昇るような気持ちだった。この事件を追いかけて二年。それが認められたのだ。早速家族に電話で報告し、由美子や理穂、麗香、範子にも一斉にメールを送った。

すぐに範子から返事が届いた。「まずは、おめでとう」とだけ書いてあった。「まずは」という言葉が気になりつつも、次々と祝福の電話やメールが届き、その疑問はすぐに頭の片隅へと押し流された。

範子の考えが明らかになったのは、それから二週間ほど後だった。

「今から行っていいかな」携帯に電話があった。「仕事が立て込んでるなら、日を改めるけど」ちょうど、七回目のランチ会の前日。しかも秋の台風が近づき、大雨が降っている。それなのに、わざわざうちに来たいとは。前祝いだな、とピンときて、和樹は嬉しくなった。

「今日は次の企画を練ってるだけだから、いつでもいいよ。そうだ、お土産にワインをいただいたんだ。よかったら一緒に飲む？」

「そうね――それはそちらに着いてから考えるわ」

思い返せば、範子の声は硬かった。けれども候補になって以来浮かれっぱなしだった和樹は、いそいそと散らかったリビングを片付け始めた。

一時間ほどして、範子がやって来た。ずぶ濡れのレインコートを着た範子の足元に、キャリーバッグがふたつある。

「やーだ、一体何を持ってきたのよう。候補になっただけだからね？　受賞できなかったら残念会を開いてもらわなくちゃ」

七面鳥の丸焼きでも持ってきたのかと思うほどの大きさに、思わず和樹の声は弾む。いや、もしかしたらローストビーフかもしれない。きっとオードブルやチーズも入っている。

「あーもしかして冷やさなきゃいけない？　冷蔵庫に入るかなあ」

レインコートを脱いで玄関の壁際にかけている範子の脇で、和樹はキャリーバッグをタオルで拭く。いざ運ぼうと持ち上げると、ズドンと床に吸いつけられた。七面鳥やローストビーフどころの重さではない。異常な重量感だった。

「やだ、ちょっと、何が入ってるの？」

まさかトロフィーや盾かと、和樹は冗談ではなくそう思った。

訝《いぶか》りながらも、範子をリビングに招き入れる。なんとかキャリーバッグをラグの上まで運び入れた。

「もうワインにしちゃう？　チーズ切っといたけど、それでいい？　それとも最初はお茶？」

冷蔵庫を開ける和樹の背中に、範子の単調な返事が聞こえる。

「お構いなく。持ってきたから」

キッチンから振り向くと、ソファに腰かけた範子が小さい水筒を取り出しているのが見えた。何しに来たんだろう？　お祝いじゃないの？

和樹はやっとその時、範子から少しも祝福ムードが感じられないことに気がついた。

でも、お祝いじゃないとしたら――

和樹は、範子の足元で異様な存在感を放っている大きなバッグ二つに目をやる。

――あの荷物は一体何なの？

じわりと、イヤな予感が胸の奥底に滲《にじ》みだす。

とりあえず自分のグラスにだけワインを注ぎ、範子の向かいに座った。さきほどまで祝ってもらえるなどと浮かれていた自分が恨めしい。

悪い予感を抑えようとワインを啜《すす》る和樹の目の前で、範子がバッグのファスナーを開けた。中から取り出され、コーヒーテーブルの上にどんどん積み重ねられていくのは、和樹が『ヤミに蠢く金』で使った参考資料だった。

参考文献は、巻末に列挙してある。その数は三十冊以上。辞書のように大きな書籍もある。それが次から次へと、範子のカバンから出てくるのだった。範子は全てを買ったというのだろうか？　何のために？

「ねえ範子……一体――」

「和樹が、ちゃんと正しい手順を踏んで執筆したかどうか、確かめてあげなくちゃと思って。『ヤミに蠢く金』が発売されてから、少しずつ参考文献と照らし合わせていたんだけど、賞にノミネートされたって聞いて、急いで検証を終わらせたの」

呆気にとられる和樹の前で、範子は資料を出し終わると、最後にノートを数冊取り出した。開けたページには、びっしりと何やら書き込んである。

「まず、第一章。この一ページ目から五ページ目にかけての事件の概要は、参考文献にある『ヤミ献金事件』を参考にしたものよね」

「そうだけど……？」

「六ページ目から十二ページ目にかけては……」

範子は延々と資料と本文との確認作業をしていった。こんな細かいこと、担当の編集者だってしないというのに。

一方で、和樹は気が楽になり始めていた。和樹は自身の著作に関して絶対的な自信を持っている。盗用もしていなければ、特定の誰かを傷つけるようないい加減な憶測もしていない。範子の正義レーダーにも引っかからないはずだ。気が済むまでやらせればいい。ただ、全ての資料を読み、本文と照らし合わせ、参照元をこの膨大な資料の中から探して来た超人的な労力はやはりサイボーグを思わせ、背筋が寒くなった。

和樹はワインを飲みながら、適当に返答していた。正直、どの部分にどの文献を参考にした、というのは著者とて正確に覚えているわけではない。ほんの一行の中に、たくさんの文献を参考にした結果が詰まっていることもある。チーズを齧《かじ》り、クラッカーを食べ、適当に頷きながら、ほろよい気分になっていく。

範子の確認作業は五時間にわたり、やっと最後のページが終わった。すっかり夜も更け、ますます激しくなった雨が窓を打ち付けている。

「参考文献の利用は、適正みたいね」

範子が満足げに頷く。

「お疲れ様」

和樹は、皮肉を込めた。しかし範子は、「まだ終わってないわ。他にも確認したいことがあるの」と別のノートを広げた。

「田淵氏へのアプローチなんだけど、どうやってコンタクトを取ったの？」

「それはもう、自分の足を使ったのよ」

誇りを持って和樹は答えた。そう。この本が評価された大きな理由は、田淵本人に接触できて、新たな証言を掘り起こしたことだ。

「第一章によると、突然田淵氏の携帯に和樹が電話をして、本人はとても驚いていた、けれども田淵氏の口から真実を聞きたいと熱意を持って説得したら応じてくれた——とあるわよね」

「その通りよ」

「ということは、本人自ら和樹に携帯番号を教えたわけじゃないってことでしょう？　つまり、その入手方法に違法性があったんじゃない？」

「なんだ、そういうことを範子は心配してるんだ」

和樹はふっと笑う。

「確かに、電話会社の従業員に謝礼を払って、個人情報を入手する強引なライターもいる。だけどわたしは、そういうことはしていない。ちゃんとしたルートを使った」

胸を張る和樹の前で、範子はノートをめくって、新たなメモを確かめる。

「ちゃんとしたルートっていうのは、元妻の岡本志保さんのこと?」

どきりとする。なぜ範子が、元妻のことを? 前科のこと、また現在の風俗嬢という立場があるので、志保については一切、本の中では触れていない。それが協力してくれる上での条件だったからだ。

「……だったら、どうだっていうの?」

しかしあくまで堂々とした態度を崩さず、和樹は答えた。

「二人の間には、事件当時二歳だった息子さんがいたそうね。田淵氏が連日バッシングを受ける中、志保さんはノイローゼ気味になって、離婚届を出して、息子さんを残して失踪。田淵氏が服役中は、田淵氏のご両親が息子さんの面倒をみていた。出所してからは田淵氏が育てている」

範子はびっしりと書き込まれたメモを読みあげる。

「すごい取材力ね。範子の方が、ジャーナリストに向いてるんじゃない?」

「まさか。『ヤミに蠢く金』を参考にして、取材先を回ってみただけよ。和樹の高校時代からの友達だって言ったら、みなさん色々と教えてくださったわ」

範子は悪びれもせずに言い、「ええと、それで」と続けた。

「田淵氏は出所以来、誰にも居場所を明かさずに暮らしてきた。けれども元妻である志保さんが親権を取り戻すという目的があって、弁護士に依頼すれば、田淵氏の戸籍や住民票を調べることができるらしいわね」

顔が強張るのを、自分でも感じた。どうしてそこまでわかるの？

「だとしても、違法じゃないでしょう。ちゃんとした手続きを踏んでいるんだから」

あくまでも和樹は強気で押し通す。なにも間違ったことはしていないのだ。

「普通のケースだったらそうかもしれない。けれども志保さんは性風俗店勤務で、覚せい剤使用の前科がある。親権が戻ることは、ありえない」

和樹は、何も言えなくなる。

「そもそも彼女は、親権を取り戻す訴えを起こせることすら知らなかった。ということは、和樹が入れ知恵をした。そして息子を置いてきたことをずっと後悔していた志保さんは、その案に飛びついた」

範子は、ノートからすっと顔を上げた。雨の音が、まるで範子の体から発せられている機械のノイズのように思える。耳障りだ。

「志保さんの生活状況では、いくら訴えを起こしたって、親権が戻る確率はほぼゼロ。和樹に、それがわからないはずはない。和樹は知っていて唆《そそのか》した——つまり、実現しえないと知りながら、それを餌にして、和樹の個人的な思惑に利用した」

範子の乾いた声が、リビングルームに響く。

「どうして、それを……？」

「志保さん本人に聞いたの。和樹が『息子さんを取り戻せる』って教えてくれたって」

「確かにちょっと強引だったかもしれない。だけど、違法なことはしてない」

範子の視線が、ふたたびノートに戻る。

「志保さんが依頼した弁護士の三木豊さん。この人、和樹の大学時代からの知り合いだそうね。謝辞によると、法律監修もしてもらってる」

「そうだけど」

「志保さんは、弁護士費用として二十万円支払ったって言ってた。和樹と三木弁護士が共謀して、金銭を得るために、勝ち目のない裁判をけしかけた——個人の財産が侵害されたとなれば詐欺罪が成立する可能性はある」

よどみない範子の発言に、胃がすうっと冷たくなった。誰がたかだか二十万円のために、そんなことをするものか。三木は、和樹のジャーナリスト魂を理解し、協力してきてくれただけだ。彼に非は全くない。迷惑をかけるわけには、絶対にいかない——

「わかった、確かに、可能性がないと知りながら、志保さんに親権を取り戻す申し立てを勧めてしまった。けれど、三木さんは関係ない。彼はわたしの思惑など知らず、普通に仕事をしただけよ」

「そう。三木弁護士は無関係、と」

範子は、赤いペンでノートに書き入れる。

「ということは、やっぱり和樹は、田淵氏の居場所を突き止めることが目的で、志保さんに申し立てを勧めたことは認めるのね？」

真正面から、範子に見据えられる。頭のてっぺんからつま先まで和樹をスキャンしている電子音が聞こえてきそうなほど、その両目は無機質だった。

「——うん、まあ……」

もっともっとあくどいことをして情報を手に入れる記者やジャーナリストは大勢いる。その中で和樹のやり方など、上品な方だ。そう言ってやりたかったが、やめた。「他の人がやっているからいいの？」とまた詰め寄られてしまうだけだ。

ノートやペンを仕舞い始める範子に、和樹は慌てて言い添える。

「本当に反省してるわ。志保さんには悪いことをしたと思ってる」

「そうなの。じゃあそれも、志保さんに伝えておくわね」

「伝える？　志保さんに？　どういうことよ」

「親権のこと、まだ係争中なんですってね。『ヤミに蠢く金』が出版されて田淵氏が無実だと世間的にはっきりしたことで、ますます志保さんが息子さんを取り戻せる可能性はなくなった。志保さんショックを受けてたわ、和樹に裏切られたって。だから申し立てをするように唆されたこと、精神的苦痛を受けたことで訴えるって言ってた」

——なに？　なんですって？

雷の閃光が部屋をすみずみまで照らし、すぐ近くに轟音《ごうおん》が響いた。範子の能面のような、つるりとした肌が白く照らされる。

「竹下洋一賞の事務局にも報告をしなければね——と言っても、今日はもう開いてないか」範子は腕時計を確認する。「週が明けたら、電話してみるわ」

「やめてよ。わたしがどれほど心血を注いでこの作品を書き上げたか、範子だって知ってるじゃない」

「心血を注ぐということが、間違ったことをしてもいい理由にはならないわ」

「汚職政治家の政治生命を終わらせたのよ？　あんな男が総理の椅子に座ることを防いだ。意義のあることだと思わない？」

「意義のあることの前には、小さな悪事を働いてもいいの？」

「悪事だなんて。そこまで致命的なことをしたわけじゃ――」

範子は、やれやれと首を振った。

「そういう感覚でいるからいけないんだわ。そっちの方が問題。そんな人に、ジャーナリストを名乗る資格があるの？」

頭に血がかけのぼる。どうしてそんなことを言われなくちゃならないのだ。何も知らないくせに。

こんなふうにわたしを糾弾して、範子はいったい何が楽しいのか。

和樹は理解した。脅迫電話の犯人を見つけてくれたのは、和樹のためなんかではない。単純に、犯人を突き止めて、罰したかっただけなのだ。

過去に、範子の正義によって人生を狂わされた人々の顔が浮かぶ。ついに和樹も、そのうちの一人になるのか。

善悪でしか物事を判断しない。人の気持ちを理解できない。やっぱり範子は、心を組み込まれていない冷たいサイボーグ――

事務局に報告されたら、ノミネートは取り消されるだろう。そんなケチがついた作品に、わざわざ賞をくれるはずがない。業界にも知れ渡って、仕事がやりにくくなる。自分の企画を本にしてくれる出版社が、今後現れるだろうか。いや、そもそも『ヤミに蠢く金』を出版してくれた楓出版に迷惑をかける。ノミネートの知らせを受けた時の、編集長の笑顔が脳裏をよぎった。

やっとやっと、大きなチャンスを摑んだと思ったのに――

範子は資料をキャリーバッグに仕舞い終えると、立ちあがった。

「週明けは忙しくなるわ。志保さんへの報告に、事務局への連絡。和樹も、準備をしておいた方が良いわよ」

「ねえ、考え直してよ」

和樹は範子にすがりついた。

「ダメよ。これは不正をただすためなんだもの。正義こそ、この世で最も大切なものなんだから」

範子は誇らしげに、あの微笑を浮かべて言い放つ。そして颯爽とした足取りで玄関へ向かうと、レインコートを羽織った。和樹はただ立ち尽くして、そんな範子を見ている。

「じゃあ明日、またランチ会でね」

何事もなかったかのように笑うと、範子は軽やかな足取りで帰って行った。

再び雷鳴が轟《とどろ》く。

和樹は窓から離れ、ソファに戻った。床に落ちた薄紫色の招待状を拾ってコーヒーテーブルの上に置くと、ソファの上で膝を抱えて丸くなった。

あの夜も、範子を見送った後、こんな風に膝を抱えていた。ランチ会に行きたくない、もう二度とあんな女の顔を見たくない、と悔し涙を流しながら。

けれどもこのままだと自分のライター人生は終わってしまう。なんとか説得しなければならない。

ランチ会の後、もう一度話し合ってみよう。

そう決心して、次の日、和樹はランチ会へ向かったのだ。

そして――

招待状の差出人の名を、和樹はもう一度ゆっくりと眺める。

――あの日、わたしは範子を殺した……

目の眩《くら》むような閃光が走り、雷鳴が和樹の耳をつんざいた。

2

封筒を手にしたまま、由美子は動けないでいた。

すぐそばでは小六の長男・淳史と小四の次男・悠斗がテレビゲームで対戦しながら大騒ぎしている。二十六インチ型の画面では、二人がプレイする戦隊ヒーロー二名が、スペシャル光線や電流キックなどの必殺技を駆使し、モンスターを攻撃している。しかしモンスターへのビームが外れ、車とビルが派手に吹き飛んだ。

「あ、ばか、ちゃんと当てろよ」

「ボタン押し間違えたんだもん」

戦場にいるかと錯覚するような臨場感ある攻撃音。その合間に聞こえてくる、兄弟のたわいもない会話。いつもと変わらない、古いアパートの和室。日常の喧騒。

しかし畳の上に座り込んだまま、由美子は呆けたように招待状を見つめるだけだった。

薄紫色の上品な封筒。花のエンボス加工を施した紙。Nのアルファベットが捺された封蠟。

そして花の図柄の切手。

差出人は――高規範子。

由美子の膝の上には、封筒から取り出した二つ折りのカードが開いたままになっている。

『あの日から五年が経とうとしています。
久しぶりにお目にかかりませんか。
存分にわたしのことを思い出していただきたいのです。
たくさん語らいましょう。
お待ちしております。
高規範子

日時　十月十一日　午後一時より』

会場として記された住所は、都内だった。しかし施設の名前も書いていない。気持ちが悪い。しかも招待日は来週だ。招待された者は必ず来るという絶対的な自信と重圧が伝わってくる。範子の、抑揚に乏しい声が耳によみがえる。まるで範子が今この場にいて、耳元で囁かれたように感じ、由美子は背中を震わせた。

——なんでなん？　なんで範子からこんなものが……。

ついさっきまで、ＰＴＡの集まりで学校にいた。秋の運動会に向けての準備が大詰めで、帰る頃には空が暗くなっていた。雨が降り出して、慌てて帰ってきたら——郵便受けにこれが入っていた。

どこか遠くで、軽快なメロディーが鳴っている。

「おかーさん！　ケータイ鳴ってるよ！」

コントローラーから両手を離さず、目をテレビ画面にロックオンしたまま、淳史が怒鳴る。

ああ携帯かと由美子は思ったが、体が動かない。周囲が摺りガラスの向こうに行ってしまったかのように、視界もはっきりせず、ゲームの音も子供たちの声も遠い世界から聞こえてくるようだった。

いや、世界が摺りガラスの向こうに行ったんじゃない。由美子の方が、異次元へと滑り落ちてしまったのだ。

だって――

由美子は膝元の封筒とカードに、恐る恐る、もう一度目を落とした。

でないと、範子から招待状なんて、届くわけないねんから……。

「おかーさん！」

いつまでも鳴りやまない電話にイライラしたのか、いつの間にかゲームは一時停止され、悠斗がミッキーマウス・マーチを奏でながら震えている携帯電話を突きつける。由美子が受け取ると、悠斗は素早くテレビの前に戻って行った。また激しい攻撃音や爆破音が鳴り始める。

着信画面を見ると、和樹だった。

ずいぶん久しぶりだ。もしかしたら、和樹にも招待状が……？

恐る恐る通話ボタンを押すと、酒やけしたようなハスキーな声が聞こえてきた。

「由美子？　わたし、あの……」

「わかってる。和樹やんね？」

――うん。よかった、繋がって。

電話の向こうで、はあーっと溜め息が吐き出された。

――由美子の関西弁を聞いたら、なんかホッとしちゃった。三年ぶりだね……。

和樹の声がかすかに揺れていることに、すぐに由美子は気がついた。

――突然で悪いんだけどさ……招待状が届かなかった？

やっぱり。由美子の心臓がぎゅっと縮まる。

「届いた。和樹にも？」

――うん、今日郵便受けに見つけたの。

自分だけじゃなかった。それだけでも、ほんの少し気持ちは軽くなる。

――ねえ、なんて書いてあった？

「ちょっと待っててな」

由美子は携帯電話を肩で押さえると、両手でカードを目の前に広げる。文面を読みあげると、
と和樹が言った。

――全く同じだ。

「和樹に来たのも、薄紫色の封筒？」

――そう。

「範子の好きだった色……やんね」

――うん。リンドウの花の色だっけ。

そうだ、リンドウだ。ひとつの茎から、いくつもの釣り鐘形の可愛らしい花が咲く。「リンドウが好きなんだ」と範子は言っていた。「正義という花言葉だから」と。

よく見れば切手の図柄も、封筒にエンボス加工してある花も、リンドウだ。そういえば、最後の日も範子はこの色のワンピースを着ていたのではなかったか……。由美子の背筋が寒くなる。

――消印、いつ、どこからになってる？

慌てて確かめる。差出人と内容に衝撃を受け、細部まで見ていなかった。

「十月三日やって。目黒郵便局から」

――それも同じだ。

「ねえ、これって本物なん？　この招待状、ほんまに範子が――」

――そんなはずないよ。

それ以上聞きたくないとでも言うように、和樹が遮った。しかしその声は、いつもの和樹らしくなく震えている。

「そうやんね、そんなはず、ないやんね」

由美子も、必死に打ち消した。けれども実際に誰かがこの招待状を用意し、切手を貼り、蠟を溶かしてイニシャルの印を押し、郵便として出したのだ。十月三日に、目黒郵便局の管内から。

由美子の脳裏には、リンドウ色のワンピースを着て、招待状を用意しているおかっぱ頭の高規範子の姿がはっきりと浮かんでしまう。

――ねえあの時、あの子の息、止まってたよね……？

低い声で、和樹が呟《つぶや》いた。見えないとわかっていても、由美子は必死に何度も頷く。

「止まってたはずや。息も、心臓も」

――そうだよね。確かめたもんね。

「うん、死んでた。絶対に死んでた」

自分に言い聞かせるようにして、由美子は繰り返した。

そう。

範子の呼吸も心臓も停止していた。

うちらが。

うちらが殺したんやもん……。


正義のヒーロー。

高校で知り合ったばかりの頃、由美子は高規範子に対してそんな印象を抱いた。いや、由美子だけではない。恐らくクラスの誰もがそう思っていただろう。

和樹を痴漢から救い、確固たる証拠で犯人を捕まえた。男子生徒による、校内での喫煙を暴いた。クラスで起きた盗難事件を解決したこともある。学校で、通学路で、範子が常に目を光らせているので、教師が驚くほど生徒は真面目になった。

子供の頃からおっとりしている、ちょっと抜けていると言われ続けてきた由美子は、そんな範子を傍で見ていて「すごい子やなあ」と感心していた。とてもではないが、由美子にはそんな勇気も行動力もない。いつも鼻が詰まりぎみで、ぽかんと口を開けっぱなしで呼吸をしているような由美子は、痴漢や盗難はともかく、授業中に手紙交換をしていた宮原さんと白木さんが範子によって告発された時も、「あーそっか、これってやったらアカンのんや」とやっと気づくという具合だった。

それまでは仲良しの和樹や理穂や麗香とも手紙交換をしていたが、それ以降はしなくなった。ついでに、中学の時から小テストのたびにしていたグループでのカンニング――テスト中に理穂が消しゴミを拾うふりをして由美子たちが覗けるようにしたり、席が遠ければ答えを書いた消しゴムを投げてもらったり――も一切やめた。その後、センター試験や大学受験などでカンニングがばれて世間を賑わせているのを見て、由美子は「やっぱり悪いことやったんや。あのままやってたら、うちらもこうなってたかもしらん。範子のお陰や」と身震いした。

由美子たちに悪気なんてなかったし、宿題を写したりする程度のごく軽い気持ちだった。もちろん、受験でカンニングをしようなどと大それたことを考えていたわけではない。けれども真面目でいることに越したことはない、と考えるようになっていた。

「範子ちゃんを見習いなさい」

と周りの大人はみんな口を揃えたし、由美子自身も、そうすることが賢明だと漠然と考えていた。何より、由美子よりもかしこい和樹や理穂、麗香たちが「範子の言う通り」「範子が正しい」といつも言っている。だから由美子もそれに倣い、範子という正義のヒーローと一緒のグループであることを誇りに思っていた。

　高校を卒業すると、和樹は九州の大学、理穂はアメリカの大学、麗香も芸能活動を本格化するために上京するなどしてバラバラになった。由美子と範子は、それぞれ地元の短大と四年制大学に進んだが、由美子は入学した年度の後半から就職準備を始めたこともあり、高校時代のようにしょっちゅう会うというわけにはいかなかった。互いにどこかへ旅行すれば土産を買い、受け渡しのたびにお茶を飲んだりはした。それでも数週間に一度が数か月に一度になり、だんだん頻度は減っていった。

　短大の卒業を控えた頃、範子と久しぶりに会うことになった。年末に就職が決まった由美子は、年が明けてすぐに沖縄に行った。その土産を渡したかったのだ。

　冬の寒い時期で、雪が積もっていた。歩いて待ち合わせの喫茶店に向かっていると、途中にある廃屋の中で何人かのホームレスが布団にくるまっているのが目に入った。元々そこは商店か何かだったのだが、前年に火事が出て店舗がほぼ全焼して以来、誰も手をつけることなく朽ちるに任せているような場所である。

　この辺りのホームレスは河川敷に住みついているが、この雪の季節、わずかに焼け残った屋根や壁を求めて集まったのだろう。真っ黒に煤けた窓ガラスは割れており、段ボールを貼ってはいるが、凍えるような風が吹き込んでくることは想像に難くない。ダウンコートを着込み、内側にファーのついたブーツを履いていてもこの寒さだ。クリスマスも正月もなく、腹を空かせ、凍えながら年を越したのだろうと想像すると涙が出た。

喫茶店に入ると、範子が先に来て待っていた。高校の時からそうだが、範子は一度も遅刻したことがない。この日も窓際のソファ席に、ピンと背筋を伸ばして座っていた。

「ごめんなあ、待たせてしもて」

慌てて向かいの席に腰を下ろすと、範子が腕時計を見た。

「謝らないでいい。十二時五十九分。遅れてないから」

ウェイトレスに注文を済ませた頃、また雪が降ってきた。ますます寒くなるなと眉を寄せて外を眺めていると、範子がかすかに首を傾げた。

「どうかした？」

「あんね……実はね」

由美子は来る途中で見かけたホームレスのことを話した。自分がぬくぬくと旅行をしている一方で、彼らはあんなところで雪をやり過ごすしかないこと、いくら屋根があるとはいえ凍死してしまうのではないかと心配なこと——

「そうだったの。昔はこの辺り、ホームレスいなかったのにね。わたし、由美子と反対側から来たから、その廃屋のことも知らなかった」

ウェイトレスが運んできた紅茶を、範子は啜った。

「そうやね、昔はおらんかった。不況やから増えたんかな」

「確かに何とかしてあげなくちゃならないわね。役所にかけ合ってみる。正確な場所を教えてくれる?」

手帳を取り出し、てきぱきとメモを取る範子を、由美子は頼もしく思った。

そうや。範子なら何とかしてくれる。だって、我らが正義のヒーローやもん。

由美子は途端に明るい気持ちになり、その話が一区切りつくと石垣島でのダイビング体験などを語り、写真を見せ、ハイビスカスを象《かたど》ったキーホルダーを渡して別れた。

二週間ほどたった後、母親に用事を頼まれて同じ道を通った由美子は、例の廃屋の戸口や窓が板で打ち付けられ、立ち入り禁止の黄色いテープが張り巡らされているのを見た。一瞬おや、と思ったが、すぐに、彼らがどこかの施設に収容してもらえたのだろうと想像し、一人で納得した。

さすが範子や。行動が早い。

誇らしく思いながら、母の用事を済ませ帰路についた。途中でスーパーに寄ることにし、通る予定になかった河川敷を通りかかり——息を呑んだ。

雪の降る中、橋の下に段ボールと青いビニールシートでできた粗末な家らしきものがあり、その傍らで男たちが一斗缶に火を起こして身を寄せ合っていた。由美子は見間違いかと目をこらす。

どういうことなん?

あの人たち、なんでここに?

由美子は用事などそっちのけで、慌てて範子の家まで走った。

「範子、大変やねん！」

部屋に通されると、由美子は挨拶もそこそこにまくしたてた。

「ホームレスの人たち、廃屋を締め出されたみたいやねん。橋の下に戻ってたんよ。なんでやろ。役所の人とか、結局なんもしてくれへんかったんやろか」

「どうしたの？　落ち着いて話してよ、由美子」

範子の冷静な声に、やっと由美子は順を追って説明した。ひと通り由美子の話を聞くと、範子は満足げに頷いた。

「ああ、そういうことね。なにもおかしいことはないわ。役所は、ちゃんとわたしの通報通りに動いてくれたってこと」

「……通報？」

一瞬、わけがわからなかった。

「あの日、由美子と別れた後すぐに役所に行って、ホームレスが不法侵入していることを窓口で伝えたの。ちゃんと追い出してくれて、板で出入り口をふさいでくれたのなら安心だわ」

「ちょ、ちょっと待って。不法侵入ってどういうこと？」

範子はあの時、由美子の涙ながらの話を、そんな風に聞いていたというのか。

「ひどいやん、範子。あの人たち行くところないねんで」

詰め寄る由美子に、

「行くところがなければ、廃屋とはいえ、他人の敷地で暮らしてもいいの？」

と範子が無表情に聞き返す。

「せやけど……せめて冬の間くらい……」

「冬の間ねえ」範子はため息をついた。「全く同じことを、役所の人も言ってたわ」

「――え？」

「雪が降ってから、あそこにホームレスが棲みついてることは把握してたそうよ。だけど冬が終わるまではと、見て見ぬふりをしてたみたい」

役所にも心優しい人がいたのだという事実に、由美子の胸にわずかだが温かいものが広がった。しかし、結果的には追い出されているのだということを思い出し、すぐに胸が塞がれる。

「役所も目をつぶってくれようとしてたん？　じゃあなんで――」

「一週間しても役所が動いてくれないから、わたし、あの土地の持ち主に連絡してみたの」

「連絡って……知り合いやったん？」

「まさか。登記簿謄本を閲覧したの」

登記簿謄本――由美子には全くわからないことだった。

「ホームレスが棲みついていますってお知らせを送ったの。写真も撮って同封しておいた。あと役所の小林卓司さんは把握していたけど見逃そうとしてたってことも全部手紙に書いたわ。だから小林さんにはすごいクレームが入ったみたい。厳重注意処分されたらしいわ」

範子のうっとりとした微笑に、由美子はぞっとする。

由美子の頭に、人のよさそうな男性の顔が思い浮かんだ。小林さん。会ったこともないし、全く知らない。けれども、きっと弱者の味方だったのだろう。ホームレスの人たちを雪の中に追い出すだけでなく、そんな善良な役人も処分に追い込むなんて――。

「……なんで？」

震える声を、やっと絞り出した。

「なんでそんなこと、するん!?　可哀想やんか！」

「なんでって」範子は心底不思議そうに言った。「正しいことをするのに、理由がいるの？」

正しいこと。

由美子の全身の血が、さあっと引いていった。

確かに範子は正しい。

百パーセント正しい――

何も言えなくなって、由美子はうつむいた。

正しいことしか行わない範子。頭のてっぺんから足の爪先まで、正義のかたまりである範子。範子のしたことに、一ミリの間違いもない。不法侵入は確かにいけない。ましてや勝手に住みつくなんて間違っている。そして公的な立場にありながらそれを見逃すってことももちろんダメだ。範子のしたことは、確かに正義なのだ。

だけど、だけど――

由美子は範子の家を飛び出し、雪に足を取られながらも、できるだけ速く走った。一刻も早く、範子の家から離れたかった。

河川敷を再び通りかかった。パトカーの回転灯が、灰色の景色を真っ赤に染めていた。

次の日、近所の人から、二名のホームレスが凍死したと聞かされた。


その時以来、就職したこともあって、範子とは距離を置くようになった。仕事は忙しく、慌ただしい毎日を送っているうちに、過去の友達のことは遠いものになっていった。

夫の西山雅彦とは、短大を卒業して就職した文具メーカーで知り合った。雅彦のいた営業部で、由美子は事務をしていた。

雅彦は一般企業や町の文具店、書店などを、毎日カタログを持って回っていた。明るくて話し上手な彼は、売り上げも営業部内でダントツだった。外回りのついでに差し入れを買ってきてくれるなど、女子事務員にも優しかったので人気があった。

雅彦が取った注文の受注書や納品書を作成するのが由美子の仕事で、しょっちゅう顔を合わせているうちに親しくなった。三つ年上の彼から告白され、トントン拍子に結婚話が進み、入社六年目にして寿退社が決まった。他の女子事務員からは羨ましがられ、由美子は内心、鼻が高かった。

ハネムーンは定番のハワイ。すぐに長男を身ごもり、新婚生活はつわりとともに始まった。食べ物の匂いが気持ち悪くて、スーパーにも行けず、冷蔵庫も開けられず、台所にも立てない。一日中ベッドで横になっている。湯気のもわっとした感じがダメで、風呂も沸かせない。

しかし由美子が臥《ふ》せっていても、雅彦は何もしてくれなかった。つわりがおさまるまでは会社帰りに弁当を買ってきてほしいと頼んでも、「簡単なものでいいから」と絶対に由美子に料理をさせる。皿洗いも掃除も洗濯も、いくら溜まっていても「いいよいいよ、気にしなくて。死にゃしないさ」と笑うだけ。自分がやる、という発想はない。おまけに「理解ある亭主で良かっただろ？」と悦に入っている。

新婚で、もうすぐ第一子が生まれるという、最も幸福であるべき時期。けんかを避けたかった由美子は、つわりに苦しみながらも何とか料理と家事をこなした。

子供が生まれたら、雅彦さんだって、きっともっと協力してくれるはず――

そんな期待は、しかし、長男の淳史が生まれてすぐに打ち砕かれる。雅彦は、たまにミルクをやりオムツを替えるくらいで、それ以外のことには手を貸してくれない。ミルクを吐いたりおもらしをしたりと、赤ん坊がいれば毎日の洗濯量は膨大なものになる。が、もちろん雅彦は見ない振りだ。夜中の授乳で由美子が寝不足でも、必ず朝には和食を作らせる。せめてゴミ出しだけでもと頼んだら、「主婦の仕事だろ。毎日家にいるくせに」と由美子を責めた。

会社にいた頃は、こんな人だとは思わなかった。女性に優しかったのは、単に外面が良いだけだったのか。昭和を引きずったような、時代錯誤の亭主関白夫だったとは――

しかし、ここまではまだ不幸な結婚への序章に過ぎなかった。

次男の悠斗が生まれてしばらくして、雅彦がリストラにあった。百均ショップなどの格安文具に押されて売り上げが低迷し、各部署が縮小されたのだ。係長という中間管理職についていた雅彦は、真っ先にその対象となった。

かねてから営業成績が良いという自負があり、自分は会社に必要な人間だと信じていた雅彦は、自信を打ち砕かれ、嘆き、社長や上司を呪った。再就職活動もしたが、何度も不採用の連絡を受け、完全に心が折れてしまったらしい。失業給付金の受給期間が終わっても、二度と履歴書を送ろうとはしなかった。

当然、家計は火の車になった。子供たちが小さいので、由美子はパートにも出られない。保育園に預けたかったが、夫が家にいるため、入園の優先順位が低く、入れてもらえなかった。ただ、わずかながら退職金が出たのと、雅彦の両親からの援助が多少あったので、しばらくは何とか食べて行けた。

しかし淳史が五歳、悠斗が三歳になる頃、舅が肺炎で亡くなり、張り合いを失ったのかそれからすぐに姑も脳溢血でぽっくり逝った。雅彦の両親には財産もなく、遺されたお金は葬式を出すのがやっとという程度で、由美子はいよいよ働きに出なくてはならなくなった。

本当は雅彦が働きに出てくれれば一番いいはずなのだが、彼はただ昼間からぼんやりとテレビを見ている。それならせめて、ちゃんと子供の世話をしてほしかった。その頃には二人とも幼稚園に通っていたが、送迎バスはなく、週二回もお弁当デーがあった。平日の行事も多いし、延長保育のシステムはあるが、人数が少ないとキャンセルになることもある。雅彦がサポートしてくれれば、由美子はフルタイムで復帰できるのに。しかし雅彦は、機嫌が良ければ子供と遊んでくれるが、気が乗らないときは見向きもしない。結局家事も育児も仕事も、由美子が一手に引き受けるしかなかった。

朝四時に起き、まだ子供達が眠っているうちにビル清掃のアルバイトへ行く。一度家に戻り、子供達を幼稚園に送り届けてから夕方までスーパーで働き、子供達を迎えに行って家でごはんを食べさせてから、今度は飲食店の清掃へ行く。真夜中に帰宅してから寝かしつけ、雅彦が散らかしたままの食器を洗い、洗濯をして、数時間眠る。体力的にも精神的にもギリギリだったが、自分が倒れれば淳史と悠斗が路頭に迷うのだと言い聞かせ、毎日を乗り切った。

雅彦が昼間どのように過ごしているのか、思いを馳せる時間も余裕もなかった。ある日、消費者金融からの督促状が届き、由美子は衝撃を受ける。家賃を払って生活をするだけで精いっぱいで、小遣いなど渡してはいない。高そうなハムやチーズを片手に昼間からビールを飲んでいられるのは、てっきり働いていた頃のへそくりでもあるのだと思っていた。しかし、どうやら全てキャッシングで用立てていたらしい。借入額は、すでに五十万円にのぼっていた。

一気に疲れが襲い、寝込みそうになるほど由美子は悲嘆にくれた。もはや、怒り責めることも面倒だった。

もっと割のいい仕事を探さんと……

由美子は、スーパーよりも時給が百円ほど高い総合病院の事務職を、受けてみることにした。その日に限って幼稚園が創立記念日で休みだったので、悠斗をベビーカーに乗せ、淳史の手をしっかりつなぎ、電車で六駅先の病院まで行った。

面接を終え、帰る頃には夕方を過ぎていた。駅構内は混みあい、急ぎ足で歩くサラリーマンやＯＬがベビーカーにぶつかっていく。由美子はそのたびに、はぐれないよう淳史の手を強く握りしめる。

入線してきた電車は、すし詰め状態だった。眠っていた悠斗を立たせ、ベビーカーを畳み、由美子はできるだけ体をちぢ込めて電車に乗った。ベビーカーは明らかに邪魔で、これみよがしに舌打ちをされた。

寝起きの悠斗がぐずり出すと、車内の不穏な空気はピークになった。

「こんなラッシュの時にベビーカーなんかで乗ってくんじゃねえよ」

誰かが吐き出すと、そうだそうだと同調せんばかりの雰囲気が満ちた。由美子は挫けそうになり、唇を噛んで涙をこらえる。

「子供だってお母さんだって、夕方のラッシュ時の電車に乗る権利はあります」

誰かの声がぴしゃりと響いた。驚いて周囲を見回すと、おかっぱ頭の地味な女性が目に入った。

「範子――」

信じられなかった。まさに、ピンチの時に颯爽と現れてくれたヒーローだった。

「あら、由美子じゃない」

範子も驚いたように目を丸くした。

「小さくなることないわよ。由美子は何ひとつ間違ったことはしてないんだから」

範子の毅然とした物言いに、冷たい態度を取っていた男たちは気まずそうに視線を逸らした。

ああ、やっぱり範子だ――

範子は最寄り駅で一緒に降りてくれた。エレベーターの前にはすでに並んでいる人がいたが、範子は「ベビーカーと体の不自由な人が優先ですから」と由美子と子供達を押し込んだ。人々がムッとした顔で範子をにらみつけたが、おかまいなしだ。そして自分はエレベーターには乗らず、階段を使って改札階へと上がり、由美子を待っていた。

変わっていない。

いつも正しいことをしてくれる範子。

「ねえ、久しぶりにお茶でもせえへん？」

由美子は、駅ビルに入っているセルフサービスのコーヒー店へ範子を誘った。最初は近況を報告し合っていたが、そのうちに、なぜ今日わざわざ大変な思いをして電車に乗っていたかという話になった。雅彦が会社をリストラされたこと、それ以来、ほとんど働きに出ないこと、黙って借金をしていたこと——

ひと通り話を聞くと、範子は言った。

「わたし、ご主人に話をしてあげようか？」

由美子は驚いて顔を上げた。

「いいのん？」

「もちろんよ。今からさっそく行こう。自宅にいるんでしょう？」

範子は紙コップを捨てると、さっさと荷物をまとめて店を出た。

雅彦は、突然やって来た妻の友達に、不機嫌さを隠さなかった。「夫婦のことに口を出すな」

「仕事を辞めちゃいけない法律でもあるのか」などと反論していたが、

「仕事を辞めてはいけないという法律はありませんが、民法七五二条には、夫婦はともに助け合って生きなければならないと定められています。ご主人の場合、仕事にも行かず、借金をして浪費を繰り返しているとあっては、とても結婚生活を保とうと努力しているようには思えません。つまり、法的に正しくないのです」

理路整然と諭す範子に、雅彦はだんだんと小さくなっていき、そしてついに、近いうちにハローワークへ行くことを約束した。

由美子は感動した。由美子はただ漠然と「働いてよ」「お金を入れてよ」と騒ぐだけだったが、範子は法律を引き合いに出し、論理的に雅彦を納得させてくれた。理屈で攻められると、雅彦のような男は弱いのだ。

「ほんまにありがとう」

帰り際、アパートの共同玄関まで見送りに出た由美子は、範子の手を握った。

「この世に、ひとりでもわたしの味方がいてくれるってことが、ほんまに嬉しかった」

「わたしは別に、誰の味方でもないよ。正しいことをしたいだけだから、気にしないで」

範子はどこか遠くを見るようなうっとりとした微笑みを浮かべると、くるりと背を向けて駅に向かった。声高に「あんたの味方をしてやっている」とひけらかすことはしない。後ろ姿を見送りながら、ほんまに範子らしいな、と感じ入った。

何年も前の、ホームレスの一件を思い出す。あの土地の所有者の立場からすれば、何人もの見知らぬ男に勝手に居座られるのは気味が悪かったろう。それに、もし倒壊したり火事でも出たら近隣にも迷惑がかかる。そう考えてみると、きちんと所有者に手紙で報告し、役所を動かし、ホームレスを退去させた範子は、至極適切なことをしたといえる。

それに――

由美子自身は、何の行動も起こさなかった。彼らを気の毒だと騒ぎ立てるだけで、自宅の軒下を貸したわけでも、別の居場所を探してやったわけでもない。ただただ可哀想だという感情に任せて一方的に範子を非難していたが、それがいかに幼稚だったのかが今ならわかる。

やっぱり範子は、正義のヒーローや。

範子の背中と、敵を倒して颯爽と飛び去るテレビ番組のヒーローとを重ね合わせながら、由美子は頼もしい女友だちをいつまでも見送っていた。

範子に言い含められたからと言っても、もちろん雅彦が急に働き者になるわけではなかった。けれども範子が時折訪ねてきては、「仕事は探してますか?」「面接に行ってみましたか?」と尻を叩くことに辟易《へきえき》して、浄水器をセールスする仕事を決めてきた。

「すごい、雅彦さん、ありがとう」

由美子が喜ぶと、「だってお前の友達、うっとうしいんだもん」と苦笑した。

それからは平穏な生活が戻った。決して豊かではないが、雅彦が定職を持ち、毎月生活費を入れてくれるようになったおかげで、由美子は早朝と深夜の清掃を辞め、病院のパートだけに絞ることができた。つくづく、範子のお陰だった。

長男が小学校にあがった頃、高校の同窓会の企画が持ち上がった。和樹や理穂、麗香はどうしているだろう。久しぶりに、おしゃれして同窓会に行くのも悪くない。

由美子は範子と誘い合わせて参加することにし、心待ちにして、当日を迎えたのだった。

同窓会の日は楽しかった。

立食スタイルだったが、和樹、理穂、麗香、そして範子で同じテーブルに集まり、たくさんおしゃべりした。

高校時代の、気のおけない友達。たわいもないおしゃべりは、何物にも代えがたい宝物だ。

和樹はノンフィクション作家として独立し、理穂は実業家として成功し、麗香も中堅女優としての地位を固めている。お開きとなっても名残惜しく、今度は東京でランチをしようとなった。

和樹が幹事を引き受けてくれ、最初のランチ会は一か月後に決まった。

ランチ会も、大いに盛り上がった。「いっそのこと、毎月集まっちゃおっか」という話になり、麗香が「毎月はちょっと厳しいなあ」と言ったので、二か月に一回ということで全員合意した。

子育てと病院でのパートにあけくれる由美子にとって、ランチ会だけが楽しみとなった。毎回何を着て行こうか、何を食べようか、何を話そうかと、何日も前からウキウキと考える。輝いた人生を送っている友人たちと会えることは、平凡な主婦の由美子には刺激になった。

「ちょっと若返ったんじゃないか？」

雅彦にもからかわれるほど、ランチ会から帰ってくるたび、由美子は浮かれていた。

雅彦は雅彦で、仕事が順調らしく、いつもにこやかだった。歩合制の仕事が向いているのか羽振りは良く、新車を買ったり、家具や電化製品を買い替えたり、由美子と子供達を豪華な旅行に連れて行ったりしてくれるようになった。

「大きな会社が各フロアに浄水器を入れてくれてね。僕が見つけてきた客だから、社長からボーナスをもらえた」と誇らしげだった。

しかしある日、珍しくパートが長引いたので、悠斗のお迎えを頼めないか雅彦の携帯に連絡しようとした。しかしどうしても繋がらず仕方なく会社にかけると、訝し気に「西山さんなら、随分前に退職しましたけど」と告げられた。

さあっと由美子の体から血の気が引く。

どういうこと？

だったら、毎月もらってた生活費は？

いや、それより、新車や家電のお金はどこから出てきた？

イヤな予感が、ぞわぞわと足元から這いのぼってくる。

その夜、いつも通り帰宅した雅彦を問い詰めた。案の定、あちこちからキャッシングしての金だったことを、しぶしぶ認めた。

「雅彦さん、ひどいやん……」

由美子が泣き崩れると、

「仕方ないじゃないか。仕事を辞めたって言ったら、またごちゃごちゃうるさいだろ」

と雅彦は声を荒らげた。淳史と悠斗が部屋の片隅で抱き合いながら、怯えたように両親の争いを見つめている。狭い1DKのアパート。逃げるところも隠れるところもありはしない。

「だったら、せめて借金をするのはやめてよ」

「由美子が生活費生活費ってうるさく言うからだろ？　まったく、関西人は金に汚いよな」

金に汚いって。夫に生活費を求めるのは、当然じゃないか。由美子は今日も、朝から晩まで働いたのだ。そのうえ家族の食事を作り、掃除洗濯までこなしたというのに。

「正直に教えて。一体、いくら借り入れてるのん？」

「……知らないよ。多分、二百万くらいじゃないか」

「にひゃく……」

和室の景色が、飴細工のようにぐにゃりと曲がる。

「最低やわ。男として、夫として、ほんま最低！」

「なんだと！」

雅彦は激昂して怒鳴り散らした。彼は口頭では責めてくるが、絶対に暴力は振るわない。それだけがせめてもの救いだ。

「結婚してから、負担はわたしばっかり。その上、二百万も借金なんて信じられへんわ！」

負けじと怒鳴り返す由美子に、淳史と悠斗が「やめて」「もうケンカしないで」と泣きながらまとわりついてくる。

「うるさい！　あんたらのために、お母さんは戦ってあげてるんやんか！」

反射的に払いのけると、二人はひっくり返った。淳史は箪笥《たんす》の角で頭を思い切り打ち、悠斗はテーブルの脚に突っ込んだ。

「痛いよぉ、痛いよぉ」

二人はそれぞれの傷を押さえながら、さらに激しく泣いた。

「おお、可哀想にな。よしよし」ここぞとばかりに、夫が子供たちを抱き上げる。「怖いお母さんだねえ。痛かったねえ」

子供たちが夫にしがみつくのを見て、由美子は情けなくて腹が立った。

「誰のせいで、お母さんも、あんたらも惨めな思いをしてると思ってんの？　そんなにお父さんがいいなら、ずっと一緒にいなさい！　あんたらなんか、もうお母さんの子じゃない！　置いて行っちゃうからね！」

由美子が玄関から出て行くふりをすると、淳史と悠斗は慌てて父親から離れ、「いやだあ」「待ってえ」と追いかけて来た。雅彦はあっさりと母親に乗り換えた我が子二人にすっかり気を悪くし、「とにかく俺は悪くないんだからな！」と言い捨てて、寝室に閉じこもった。

声をあげて泣き続ける子供二人を両腕に抱きしめながら、由美子も嗚咽《おえつ》した。淳史の額は腫れて赤くなり、悠斗の唇は切れて血が滲んでいる。

「ごめんなぁ、ごめんなぁ」

自分が子供たちを守ってやらなければならないのに――

なにもかも虚しくなり、真っ黒くどろどろしたもので心が溢れた時、泥の中に咲く蓮の花のように範子の存在が浮かんだ。

範子に電話をすると、夜にもかかわらず、すぐさま家まで来てくれた。部屋に引きこもって出てこない雅彦に、ドア越しにこんこんと言い聞かせる。

「帰れよ！」

向こう側から、ドアが蹴られる。

「なにが法律だ、何が義務だ！ そんな言葉だけで解決したら、苦労しねえよ！ とっとと帰れ！」

いくら範子が説得しても、延々と怒鳴り返すだけで、とても話し合いにはならなかった。

「今夜のところは帰ります。が、このままでは民法上の責任を放棄することになることを自覚してください」

そう強く言い残して、範子は帰って行った。雅彦は部屋から出てこないままで解決はしなかったが、友達がかけつけてくれたという事実に由美子は心から救われた。それに、夜中にお客さんが来たことで子供たちは大はしゃぎし、笑顔が戻った。それだけでも有難かった。

子供たちを寝かしつけてから、由美子は寝室のドアの前に座って雅彦に語りかけてみた。全く反応はなく、聞いているのかすらわからなかったが、アルバイトでもいいから働いてほしいこと、借金をできるだけ早く返してほしいことを、根気よく伝え続けた。

玄関のインターフォンが鳴った。範子が忘れものでもしたのだろうかと慌ててドアを開けると、警察官が二人立っている。

「虐待の通報があったのですが」

警察官は、ちらちらと由美子の背後を覗き、家の中の様子をうかがっている。

「虐待？　うちが？」

今日の派手な夫婦喧嘩が近所の誤解を招いたのだろうか？　混乱する頭で考えている由美子の背後で、ドアを開閉する音と、誰かが通る気配がした。

雅彦がトイレに行ったのだ。なるほど、由美子をドアの前からどかせたくて、こんなことまでしたのか――

「ありえません。子供は元気ですし、もう寝てしまいました。お帰りください」

何か言いたそうに口を開く警察官を無視して、由美子は強引に玄関ドアを閉めた。振り向くと、ちょうどトイレから出た雅彦が、寝室にすべりこむところだった。


それから数日後、ランチ会があった。いつもは人一倍はしゃぐ由美子も、この日ばかりは気が重かった。

「どうしたの？　元気ないじゃない」

理穂に指摘されたのをきっかけに、つい悩みが口をつき、そこから堰を切ったように延々と話してしまった。

「ちょっとー、何よその男」

和樹が鼻息を荒くし、憤慨した。

「働かないうえに、黙って借金なんて最低」

理穂も激怒し、

「由美子、よく我慢してたわね」

と麗香が由美子の手を摩《さす》ってくれた。

「うん、これまで範子が助けてくれてたから」

由美子が言うと、範子が「わたしは別に何もしてないわ」と首を横に振った。

「そっか、範子が相談にのってくれてるんなら安心だね」

和樹がほっとしたように微笑む。

「何かわたしたちにできることない？」

理穂が優しく尋ねた。

「うん……悪いんやけど……お金、貸してくれへん？」

思い切って切り出すと、四人が一斉に由美子を見た。

「わかってる、厚かましいよね。すごく恥ずかしい。利子がすごいから、返せるだけ借金を返しちゃってん。でも水泳の授業始まるから、淳史の海水パンツを買わなくちゃいけなくなって。

それを買ったら、食費がなくなって」

その場を沈黙が支配した。店内に流れるアップテンポのポップスと、空調の音が妙に耳障りだった。

「いくら必要なの？」

和樹がバッグをまさぐる。

「……え？」

「いくら必要なのかって聞いてんの」

「あ、ええと、ご」思わず口ごもった。「五万くらいあれば」

由美子のパスタ皿の前に、ぽんと札束が置かれた。ざっと見ただけでも、十万円以上はある。

「とりあえず二十万ね。でも、あたし貸さないから」

「え？　だって……」

「あげる」

由美子を含め、女たちが目を見開いて和樹を見た。

「昔から言うじゃないの。あげるつもりで貸せって。あんたから返してもらおうなんて思ってないから安心して。でもあげられるのはこれが限度。淳史君と悠斗ちゃんに、ちゃんと美味しいものを食べさせてあげて」

「ありがと……」

途中から声にならず、涙がこぼれた。和樹は口が悪い。ガサツだし、女性らしさもない。けれども根は温かく、漢気《おとこぎ》に溢れている。

「和樹にそこまでされちゃ、あたしだって知らんぷりできないじゃないの」

理穂が携帯電話を取り出して、どこかへかける。流暢《りゅうちょう》な英語で話し、すぐ通話を終えた。

「夫と話をつけた。一か月、うちのアカデミーの宣伝ブログを書いてよ。在宅で空き時間にできるし、前金で二十万円払うわ。給与だから、もちろん返さなくていい」

「理穂……」

理穂は理路整然と、こちらが気を遣わなくていい方法を考え出してくれる。由美子がさらに目を潤ませると、理穂の隣の麗香がため息をついた。

「はいはい、あたしも微力ながら援助させてもらいますよーだ。これ、淳史くんと悠斗ちゃんへのお小遣いね」

美しい顔に似合わないおどけた口調に、みんなが笑った。三つ折りにした一万円札を二枚、ポチ袋に入れて渡してくれる。

「わたしレベルの女優なんてさ、大御所の子供がスタジオに来たらお小遣いあげてご機嫌取りしなくちゃいけないの。だからポチ袋、持ち歩いてんのよ」

和樹、理穂、麗香の視線が自然に範子へと移る。しかし範子はいつものように背筋をピンと伸ばしたまま、黙っている。どうしたんだろう、と思っていると、やっと範子が口を開いた。

「そうね、わたしも少しだけど、力になれればと思うわ」

範子が財布に手を伸ばし、紙幣を取り出した。

「はい、五千円」

福沢諭吉ですらない紙幣に、由美子は一瞬戸惑った。しかし思い直す。自分のこういうところがいけないのだ。だからお金に苦労するんだ。この五千円だって、範子の貴重なお金なんだから。

「範子、ありが——」

「担保は何にする？」

意味が分からず、一瞬フリーズする。

「ああ、その腕時計でいいわ。じゃあ借用証と、それから返済計画を書いてくれる？」

範子が手帳とボールペンをハンドバッグから取り出した。

「簡単でいい。『私、西山由美子は、高規範子に金五千円を借りました。必ず返すことをお約束します。別紙の返済計画書通りに返済できないときには、この腕時計を譲渡することに同意します』って書いて、その下にサインと拇印を捺してちょうだい。次のページに、何月何日にいくら返してくれるのかを明記してね。利息は、そうね、一般的な銀行のカードローンと同じ年利十四パーセントでいいわ」

由美子は言葉を失っていた。

他の三人は、万単位でくれたり仕事を振ってくれたりした。もちろん、借金にはいつか利子をつけて返すつもりでいるが、その友情が大きな励みになる。けれども範子は、たったの五千円で担保を取り、借用証と返済計画書、しかも高い利息まで徴収しようというのか……？

なんでそこまでするん？　範子が一番、あたしの状況、知ってるやん……

悔しいやら悲しいやらで泣き出しそうな由美子に気づいたのか、和樹が口を挟んだ。

「ねえ範子、五千円なら担保までは必要ないんじゃない？」

「そうよ。借用証はまだわかるけど、返済計画書って――」

と理穂も続き、遠慮がちに麗香も頷く。

本当にその通りだ。もっと言ってやってよ――と思いかけて、ふと気がついた。

ここまでずっと手を差し伸べてきてくれた範子。その範子がすることなら、きっと何か意味があるはずだ。由美子は必死で頭を回転させ、やっと答えを導き出す。

雅彦の借金で苦しんでいるからこそ、自分が借りるにあたって、金銭の流れを把握することは重要だ。たとえ少額でも、返済計画を立てることは良い勉強になる。

借用証にしても、親しき中にも礼儀ありだという教えなのだ。そして担保を取ることで、早く返済しようというモチベーションをあげようとしてくれているのではないか。

「ううん……やっぱり範子は正しい。範子の言う通りやわ」

そう言うと、和樹たちは意外そうに由美子を見た。

「額の大小に関係なく、返済の計画を立てるのは大事やもん。五千円も管理できへん人間が、今日みんなから受け取った大金を有効に使えるわけがない。気づかせてくれてほんまに有難う、範子」

由美子は笑顔を作ると、みんなの前で借用証と、返済計画書――月々千円と利息を五か月にわたって指定の口座に振り込み、手数料は由美子が持つこと——を書いてサインをした。けれども、レストランの店員に朱肉を頼んで拇印を捺し、外した腕時計と共に範子に渡す段になって……心にどす黒いものが渦巻いていく。

どうしてここまでしなくてはならないのか。

こんなことになるんだったら、五千円なんて借りたくなかった。利息も振込手数料も払うのであれば、キャッシングで借りた方がマシだ。

しかし、どちらが悪いのかと冷静に考えると、やはり金を借りようとした由美子が悪い。範子は、全く間違ったことをしていないのだ。

範子を恨むなんて間違っている。お門違いもいいところ。

家まで駆けつけて雅彦を叱ってくれたんは誰？

こういうの、逆ギレっていうんやないの？　逆恨みとか。いくら貧しくても、そういう人間にだけはなりたくないと思っていたのに。

ほんまにアホなあたし。最低なあたし……。

「ありがとう。大切に使わせてもらうね」

今度こそ心から言いながら、借用証、返済計画書と共に、腕時計を手渡した。

それから由美子は、再び早朝と深夜の清掃のアルバイトを始めた。苦しかったが、子供たちのためだと思えば体は動いた。雅彦はあれ以来すっかり開き直って、仕事を探しに行こうともせず、ケンカが絶えなくなった。

重苦しい日々の中、淳史が言葉を話せなくなり、悠斗は就寝中に突如叫び出すようになった。淳史は失声症《しっせいしょう》、悠斗は夜驚症《やきょうしょう》と診断され、両方とも極度の精神的ストレスからくるものだと医師に言われた。

影響が子供たちに目に見える形で及んだ時、由美子は決めた——この子たちを守るために、家を出よう。

そしてある日の朝、雅彦が風呂に入っている間に荷物をまとめ、家を飛び出したのだった。

子供たちは夏休みに入っていたが、パートに通うことを考えるとそこまで遠いところには行けない。結局、雅彦と暮らした家から電車を二回乗り換えたところにあるウィークリーマンションに落ち着いた。

父親から離れたからか、子供たちに少しだけ笑顔が戻った。狭い部屋だったが、親子三人で身を寄せ合って、久しぶりにその夜はぐっすり眠った。

次の日、範子に連絡して会うことになった。五千円の一括返済と引き換えに、腕時計を返してもらうためだ。仕事中に持っていないと、想像以上に不便だったのだ。

「五千円と一ケ月分の利子ね。はい、確かに」

範子は小銭を数えると、時計と借用証を由美子に返した。

「ところで、どうして今日はこんなところで待ち合わせなの？」

範子は、ウィークリーマンションの小さなロビーをぐるりと見回す。

「実は……家を出てきてん」

「まあ、そうだったの」範子は目を丸くした。「じゃあ雅彦さんは……」

「捜してると思う。着信がすごいけど、無視してるねん。新しいパート先も知らんやろうし、とりあえずほとぼりが冷めるまで、身を隠すつもり」

「そう。いよいよ離婚に向けて本格始動ってわけね」

「うん」

由美子は頷いて、じっと範子の顔を見つめた。

「なあに？」

「範子には……離婚を反対されるかと思ってた」

「どうして？」

「だって、離婚なんて間違ってるって言われないかなって」

「言わないわよ。だって違法なことじゃないじゃない」

「そうやんね。有難う」

常に正しい友人に太鼓判を捺してもらえ、自信がついた。範子はこうして味方になって応援してくれる。五千円のことでショックを受けていた自分を、あらためて恥じた。

範子と別れてからパートへ行き、夕方にウィークリーマンションに帰ってきた。

電気コンロしかないミニキッチンで野菜を炒める。子供たちは旅行気分なのか、大好きな戦隊ヒーローごっこをして暴れている。とにかく今は、子供たちの心の安定が大切だ。決心をしてよかったとつくづく思いながら、夕食を調理した。

インターフォンが鳴った。子供たちがうるさすぎたのだろうか。コンロを消し、玄関ドアのスコープから外をうかがった。

魚眼レンズに、歪んだ雅彦の顔が大きく映っている。由美子は驚いて飛びすさった。

――なんでやの？　なんでここがわかったん!?

心臓が早鐘を打っている。ドンドン、とドアが乱暴にノックされた。

「由美子、いるんだろ？　わかってるんだよ。悠斗、淳史、お父さんだぞー」

子供たちもハッとした表情をし、固まる。

「開けてくれよ。ひどいじゃないか、急にいなくなるなんて」

扉は執拗にノックされ、廊下に大声が響いている。トラブルがあれば追い出されるかもしれない。由美子は観念して、ドアを開けた。

「風呂から上がったら誰もいなくて、びっくりしたよ」

するりと雅彦が入ってきた。笑顔で、意外と態度も柔らかい。

「なんでこの場所が――」

「ああ、範子さんが教えてくれた」

由美子は耳を疑った。範子が？　味方であるべき、範子が？

「あの人、意外といい人なんだなあ。わざわざ電話をかけてきて教えてくれた。悪者だと思ってたけど、誤解してたよ」

友人の裏切りに打ちのめされている由美子の耳を、雅彦の言葉が素通りしていく。雅彦は靴を脱いで部屋に入ると、隅っこで小さくなっている子供達の方へ近づいた。雅彦が大きなボストンバッグを抱えていることに、由美子は気がつく。

「ああ、これ？　すぐに家に連れて帰ろうと思ったけど、ここって前払いだろ？　せっかくだから俺も泊まろうと思って」

目の前が真っ暗になった。なんのために逃げて来たのだ。

「お、今日は焼きそばか。腹減ったよな。待ってろ、今お父さんが盛り付けてやるから」

雅彦はキッチンに来ると、備え付けの食器を洗いもせず、フライパンから盛り付けた。

「ほら食べよう。いただきまーす」

無理やり子供たちに箸を持たせると、雅彦は食べ始めた。子供たちも、無言で焼きそばをつつく。

「そうだ、明日ディズニーランドに行こうか」

夫の言葉に、子供たちが弾かれたように顔を上げた。

「ほんと!?」

悠斗が声をあげた。淳史も目を輝かせている。

「ほんとほんと。せっかくだから2DAYパスを買って、思い切り遊ぼう」

そんなお金が一体どこにあるのか？　子供の機嫌取りにうんざりしながらも、家出したことを一向に責める様子のない夫の姿に、かすかに希望を感じてもいた。もしかして、この荒療治が功を奏したのかもしれない。だから範子も居場所を教えたのか。

「離婚なんて、俺は認めないからな」

ささやかな夕食が終わり、すっかり機嫌を直した子供たちとアニメ番組を見ながら、雅彦がぽつりと言った。

「――え？」

「離婚はしない」

「な、何を言って――」

「離婚を考えてるって、範子さんが言ってたからさ」

そこまで話したん？　どういうつもりで？

頭の中がぐるぐると回るが、由美子は何とか気を落ち着かせた。

「当然でしょう。ろくに働いてもくれへん、借金ばっかりする、一日中愚痴ばっかり言って引きこもってる。離婚を考えへん方がおかしいわ。別に雅彦さんが同意してくれなくてもいいです。調停離婚っていうのがあるんよ。第三者である調停委員を挟んでの話し合いをするの。調停委員の人も、きっと同情してくれはるわ」

顔を真っ赤にしてまくしたてる由美子を、子供たちがテレビを見ながらもちらちらと気にしている。

「ところがさ、そうでもないらしいぜ。別に俺は暴力を振るったわけでも、ギャンブルに狂っているわけでもないからな。そういう場合は、『法定離婚原因のひとつである婚姻を継続しがたい重大な事由がある』というのには当てはまらないらしい」

突然出てきた専門的な言葉に、由美子は動揺した。が、

「借金が重大な事由じゃないはずないやん！」

と叫んだ。

「俺もそう思って、正直、いつか離婚を言い渡されても文句は言えないと覚悟してた部分はあるんだけど、借金と言っても、俺はそれを生活資金として入れていただろう？　身勝手に浪費したわけじゃなくて、家電を買ったり、家族と出かける車を買ったりした。家庭を顧みなかったわけでもないし、逆に妻や子供を思ってお金を借りたわけだ。そういう場合は借金のせいで結婚生活が破綻したとは言えないらしくて、それに――もしも離婚となった場合は、お前にも借金を払う義務が生ずるんだって」

「そ……そんなはずない！」

騙されてはいけない。連帯保証人にでもなっていない限り、配偶者の借金を返済する義務はないと聞きかじったことがある。しかしそう告げても、雅彦はひょうひょうとした態度を崩さなかった。

「離婚したら、財産分与をするだろう？　生活をするうえで使った借金なら、たとえ妻が知らずに勝手に夫がしたものであっても、負の財産分与としてお前にも支払い義務があるんだそうだ」

「デタラメ言わんといて！」

これまで苦しめられてきたうえに、借金を負う？　冗談じゃない。激昂する由美子を面白そうに眺めながら、雅彦は穏やかに、ひと言放った。

「デタラメなんかじゃない。民法の七六一条、日常家事債務という、民法のルールだよ」

その時、由美子はハッとした。

「もしかしてそれ……全部、範子が？」

雅彦は余裕たっぷりに頷いて、

「そう。教えてくれた」

と大笑いした。

「出て行って！」涙声を絞り出し、玄関ドアを指さした。「出て行ってよ！」

「出て行かないよ。あー、お母さんは怖いねー」

すでにテレビなどそっちのけで、すっかり怯えている兄弟を守るように抱きしめ、雅彦が言った。

「夫婦には同居の義務があるんだそうだ。それを最初に放棄したのは、お前だからな。調停では不利になるかもしれないな」

ひとしきり笑うと、雅彦はさも愉快そうに言った。

「範子さんは本当に恩人だ。お前が頼る気持ちが、よーくわかったよ」

「一体、どういうことなん!?」

夜中、清掃のアルバイトに向かう途中、由美子は範子に電話をかけた。

——何を怒っているの？

「あたしがどんな気持ちで家を出たのか、範子が一番よく知ってるやん。居場所まで教えて、余計な入れ知恵までして——」

——同居の義務を放棄してはいけないわ。

範子はごく穏やかな声で答えた。

「でも、離婚には反対せえへんって言ってくれたやん」

——そうよ。範子には離婚を申し立てる権利がある。そして雅彦さんには、離婚を拒否する権利がある。わたしはただ、公平に彼の権利を教えただけ。

「雅彦の権利って……」

血が逆流し、携帯電話を持つ手が震える。

「範子はあたしの友達でしょ!?　どっちの味方やのよ！」

——言ったじゃない。

範子の口調が、酔いしれたような、熱っぽいものに変わる。

——わたしは雅彦さんの味方でも、由美子の味方でもないわ。わたしは……正義の味方なの。正義の味方。

それがこんなに冷たい言葉だとは思わなかった。

由美子の頭に、悪のモンスターを倒すヒーローの姿が思い浮かぶ。ヒーローはまっすぐ正義だけを見つめ、悪を攻撃することに一生懸命だ。けれども正義のヒーローの攻撃によって周囲の自然や建物は破壊され、車や電車は吹き飛び、人々は流血して逃げまどう。だったら、結局はモンスターがやっていることと同じなのではないか。正義のヒーローは、正義に執着するモンスターではないのか。

範子もそうだ。

範子は、正義しか見ていない。正義を守るためだけに、範子は突進する。その両目には、友達も、友情も映らない。由美子が傷つき、吹き飛ばされ、血を流そうが、範子が守るのは正義だけなのだ。

百パーセント正しい範子。

正義のヒーロー。

それはなんと、脅威的で暴力的な存在なのか。

範子に頼っていた自分が愚かだった。

離婚を決めた由美子は、法律相談へと行き、自力で戦うことにした。弁護士を雇う費用などはなかった。

和樹や理穂、麗香に相談してみようかとも思ったが、思いとどまった。一連のことを話せば、どうしても範子の悪口が噴出してしまう。彼女たちは心の底から範子を尊敬し、慕っているのだ。それに彼女たちは、範子がずっと由美子をサポートしてくれていたことも知っている。恩も忘れて悪口かと軽蔑されるのは由美子の方だ。何しろ、範子はいつだって正しい。そしてそのことを、由美子自身が一番よく知っているのだから。

離婚を申し立ててから一か月後、一回目の調停が行われた。中立人である由美子が先に呼ばれ、男女一名ずつの調停委員と三十分ほど話をした。夫は働かず、借金をしていること。子供への影響も考え、結婚生活を続けることは難しいこと。親権は欲しいことを伝える。次は雅彦が入室して話し合うということで、由美子は控え室で待機するように言われた。三十分ほどすると、また調停室に呼ばれる。

「ご主人は離婚したくはないそうです。が、どうしてもという場合、慰謝料と親権、そして養育費を請求すると言っています」

あまりの馬鹿馬鹿しさに、由美子は唖然とした。

「そんなん、ひどすぎます！」

思わず身を乗り出すと、家事調停官に睨まれた。

「慰謝料なんて、ありえません。それに親権やなんて……彼は今、定職がないんですよ？　わたしだってまだまだ経済的なゆとりはありませんが――」

「まあ、そういうことはこれからじっくりと話し合っていくとしてですね……」男性の調停委員が、由美子を諌《いさ》める。「ただ、ご主人はご自身の方が養育者に相応《ふさわ》しいとおっしゃり、二回目の調停にはそれを裏付ける証人をお連れしたいとのことです」

証人だなんて。まさか、範子だろうか？　慰謝料に親権、養育費のことも、範子の入れ知恵に違いない。

一刻も早く、範子本人に確認してみなければ――

調停が終わると、すぐに裁判所近くの喫茶店に範子を呼び出した。

「証人？　うん、わたしよ。次の調停は一か月後なんだってね。さっき雅彦さんからメールをもらったわ。必ず出席するから」

範子があっさりと認める。

「雅彦側の証人って、いったい何の話をするわけ？」

詰め寄ると、範子がごく普通の口調で答えた。

「由美子が、子供を虐待していたっていうこと」

――え？

「ちょっと待って、あたし虐待なんて――」

言いかける由美子の目の前に、現像された写真が出される。それには淳史の赤く腫れた額、そして悠斗の切れた唇が生々しく写っていた。

雅彦と言い争いになり、つい淳史と悠斗を振り払ってしまった時だ。駆けつけてくれた範子は、二人が怪我をした顔を見ている。だけど、いつの間にこんな写真まで。

「もしかして、あの時の通報は範子やったん？」

雅彦が、はらいせでやったわけじゃなかったのか。

「二人に聞いたら、お母さんがやったって答えたから」

「ちょ、ちょっと待ってよ。あの時は雅彦とケンカ中で、ちょっと手を払ったら勝手に転んで……」

「だけど、『お母さんの子じゃない!』とか『置いていっちゃうよ!』って怒鳴ったんでしょ? 暴言だって虐待なのよ」

「それは勢いっていうか……それくらい、誰でも言ってしまうことあるやん」

「誰でも? みんなが言うなら暴言を吐いてもいいっていうこと?」

「だって……」

「それって、みんながするなら虐待してもいいっていうことにならない?」

「そうやないよ」ああ、一体どう言えば伝わるのか。「範子だって、子育てで疲れることあるでしょ?」

「もちろんよ」

「うるさい、とか怒鳴ったことない?」

「ないわ」

即答だった。

「でも一度くらい――」

「一度もない。だってそれは間違っているから」

「間違っているなんて、百も承知やわ。だけど……」

「なるほど。間違いだと、やっぱり自覚していたのね」

範子が、審判を下すような目で由美子を眺める。違う。違う。もちろん正しいことではない。だけどそこまで責められるようなことだろうか？

「だって人間やもん、仕方ないやん。朝から晩まで働いてるんよ？　疲れ果てて、寝不足で、そのうえ夫との仲がうまくいかなくて……」

「疲れ果てて、寝不足で、夫との仲がうまくいってなかった――」ふっと範子はため息をつき、眉をひそめた。「虐待をする親は、同じことを言うわ」

いつも完璧な正義のヒーローには、人間の弱さなど通用しない。そして由美子の生活を、正義の攻撃で容赦なく破壊していく――

思わず由美子はテーブルの上にある写真を摑み、破り始めた。悔し涙を浮かべながら細かく引きちぎる由美子を見つめながら、範子は冷静に「なるほど」と呟く。

「情緒も不安定なのね。それも証言しなくちゃいけないわ」

範子は自分の紅茶分の代金をきっちり置くと、立ち上がった。

「ちょっと待って、お願い。雅彦に慰謝料でもなんでも払う。でも虐待の証言はやめて。あれは本当にたまたま――」

「わたしは、正しいことをしたいだけ。正義こそ、この世で一番大切なものだから」

微笑を浮かべてそう言い切ると、範子は喫茶店を出て行った。

かつてはテレビのヒーローと重ねたその背中に、由美子は問う。

子供二人をわたしから奪う正義ってなに？　そんな正義に、何の意味があんの？

もう。

もう限界――

子供たちを取られたら、生きてはいけない――


「おかーさーん、お腹空いたー」

淳史が由美子の腕を引っ張り、ハッと現実に引き戻される。回想の中ではまだ小さかった淳史が、今はもう六年生だ。背もすっかり伸び、声変わりもしかけている。

――由美子、聞いてる？

携帯電話の向こうからは、和樹のハスキーな声が聞こえる。手元にある、リンドウの色の招待状。そうだ、これが現実なんだ……。

「ごめん、なんて？」

――十月十一日って……あの日だよね？

そう。範子を殺した日だ。由美子と和樹の間に、長い沈黙が流れる。

――この招待状、理穂や麗香にも届いてるのかな。

和樹が先に沈黙を破った。

「そういえばそうやね。二人にメールで聞いてみる」

――ダメだよ、履歴が残るじゃん。

「あ、そっか……」

いくらパニックになっているとはいえ、どうしてそこまで頭が回らないのか。自分でも情けなくなった。

——二人には、電話をしてみよう。わたし、麗香にかけてみるから、由美子は理穂にかけて。

「わかった」

——結果を後で知らせて。ＬＩＮＥもメールもファックスも、とにかく文字に残るものはＮＧだからね。

電話を切ると、悠斗も甘えたように由美子に抱き付いてきた。

「僕もお腹空いた……どうしたの？」

よほど蒼ざめた顔をしていたのだろう、淳史と悠斗が心配そうな表情をする。

「ああ……なんでもないよ。ゲーム、終わったん？」

「うん。お母さん、熱でもあんの？」

悠斗が、由美子の額に自分のそれをくっつける。

「大丈夫よ」

「なんかしんどそう。ソファで横になったら？」

悠斗の言葉に、淳史も頷く。

「そうだよ、寝てなよ。俺と悠斗でカレーでも作るから」

二人が小さい頃から由美子が働きづめだったから、淳史も悠斗もしっかり自立していて、簡単な物なら進んで調理してくれる。雅彦との離婚が成立して母子家庭となってからどうなるかと不安だったが、こんなに良い子に育ってくれた。

「ほら、立って」

淳史がすっかり広くなった肩を、由美子の脇の下に差し入れる。由美子は淳史に付き添われるまま、和室の隅に置かれているソファへ横になった。悠斗が押入れから毛布を出してくれる。

「ありがとう、ほんまに優しいなあ、二人とも」

思わず、両腕いっぱいに息子たちを抱きしめる。ぬくもりが頬に、両手に、体に伝わってきた。息を吸いこむと、少年特有の甘やかな匂いがほんのりとする。

ああ、ほんまに幸せや。

あの時範子を殺さんかったら、この幸せは手に入ってへんかった。

だから、あれで良かった。

うちらのしたことは、間違ってへん――


二回目の調停を迎える前に、ランチ会があった。

範子にはあれ以来連絡を取っておらず、顔を合わせたくもなかったが、いつものように和樹から参加確認の電話がかかってきた。

「ちょっと今回は難しいかも。バタバタしてて」

断ろうとしたが、和樹が「子供ちゃんの用事？　代行サービスでできること？」と聞いてくる。これまでも子供の風邪などで由美子が行けなくなりそうになると、和樹は病児シッターを派遣してくれたりと、必ず参加できるようにあらゆる手配をしてくれた。それほどまでに、和樹は範子と会えるランチ会を大切にしているのだ。

「ううん……やっぱり何とかして行くわ。じゃあ、当日ね」

電話を切ってから、ため息をつく。そしてせっかく会うなら、もう一度範子を説得してみようと決めた。

その日は、地元の山梨まで足を延ばしてのランチ会だった。由美子の暮らす八王子から山梨へは比較的近いので、パートで忙しい由美子を都心に呼び寄せるよりはと、和樹がこれまでも何度か山梨でランチ会を企画してくれていた。

洒落たカジュアル・フレンチを食べた後、範子が「ねえ、久しぶりにみさき山に行ってみない？　ちょうどリンドウが見頃でしょ。野生のリンドウの写真を撮りたいのよ」と言った。

みさき山は、高校の時によく登った山だ。学校の遠足などでも利用したが、地元では若者は十八歳になって免許を取ると、みさき山を〝攻める〟のがカッコいいとされていた。ちなみに、このグループの中で一番最初に免許を取ったのは和樹である。

「うん、いいね」

和樹が賛成した。

「そうやね、せっかくやから寄ってみよう。それから東京に戻ればいいし」

ランチ中には調停のことを切り出せなかった由美子も同意し、範子の車でドライブに行くことになった。

レストランの駐車場で、車に乗り込む前に、範子は車両の前後左右、そして下を覗き込み、異物などがないことを確認する。それからハザードランプ、車幅灯、ロービーム、ハイビーム、ウィンカーなど全て点検し、やっと発進させた。由美子は範子の車に乗るのは初めてだったが、毎回こんなことをしているのかと思うと、うんざりした。

公道をみさき山に向かって走る。だんだんと道幅が狭まり、舗装も粗くなってきた。振動のたびにCDが飛び、スピーカーから流れるワルツがぷつぷつ途切れる。

山道に入ってしばらくすると、アスファルトはなくなり、土と石ころだけの道になった。カーブも多い。

「ちょっと自信ないわ。だれか運転替わってくれない？」

「あたしはワイン飲んだからなあ。他に誰が免許持ってたっけ？」

和樹が車内を見回す。

「あたしが運転するわ」麗香が手を挙げた。「前に女性レーサーの役をやった時、はまっちゃってね。結構、乗り回してたのよ」

麗香と交代し、助手席に座り直した範子が、ちょうど由美子の目の前になる。

つづら折りの道を登りながら、懐かしいなと由美子は思った。

昔ここへよく来ていた頃は、こんなに苦しい思いをする未来なんて予想していなかった。結婚に失敗し、子供をも手放さなくてはならないかもしれない危機に瀕することになるなんて

――

「あれ？」

途中、道が二手に分かれる手前のところで、麗香が車を停めた。

「峠へ出る道、閉鎖になってる」

見ると、さらに上へと延びている道には、木と木の間にチェーンが渡されており、そこに「立ち入り禁止」とペンキで書かれた札がかかっている。

「廃道になったんだ」

和樹が残念そうに言った。

「そういえば」由美子は思い出した。「うちらが卒業した後、落石事故があったんや」

「そっか、だから閉鎖したんだね」

理穂も頷いた。

「仕方ない。頂上は諦めようか」

麗香は通っている方の道を進んだ。緑色の木々の間に、青い空が見える。ああ、いつもより空が近いんだな、と由美子はぼんやりと思った。

「麗香、速度をオーバーしてるわ」

範子が注意した。

「制限時速三十キロって標識があった。でも今、三十五キロ出てたわよ」

「でも、車の速度計の誤差を考慮してプラス五キロくらいはオーケーだって聞いたことあるんだけど」

「誤差が認められるのは、下に十パーセント、上は十五パーセント。つまり三十四・五キロまでよ」

「そうなの？　わかった、ごめん」

麗香は素直に謝り、車はのろのろと進んでいく。歩いた方が早いじゃないかと、由美子はイライラと範子の後頭部を睨んだ。が、もちろんそんなことは言わない。正しいのは、やはり範子なのだから。

「ほら、また五キロオーバー。気をつけないと」

再び範子が口を出す。たかだかそのくらいで、うるさい。なにもスピードを出しているわけじゃない。いったい、どうしろって言うわけ？

「たかが、と思う気持ちがいけないのよ」

由美子の気持ちを見透かしたような、範子の言葉だった。

「わたしたちは、絶対にルールを守って生きていかなくちゃいけないの」

範子がまっすぐ前を見つめながら、歌うように続ける。

「どんな時でも、必ず正しいことをする――正義こそ、この世で一番大切なものよ」

その台詞に、由美子の頭の中が真っ白に弾けた。

気がつくと助手席の後ろから手を回し、無我夢中でヘッドレスト越しに範子の首を絞めていた。サイドミラーに、目を見開きながら必死にもがく範子の顔が映っている。範子は苦しげに爪で由美子の手の甲を引っ掻き、体を何度かくねらせた。

「や……めて！」

由美子の両手がゆるんだ隙に、範子が叫んだ。

やっぱりアカンか。このくらいで死ぬはずがない――

諦めかけた時、二人羽織のように、真後ろから別の手が伸びてきた。理穂だった。隣にいたはずの理穂が今、由美子の背にはりつくようにして、範子の両腕を押さえつけている。頬が触れそうなほど間近にある理穂の顔を、由美子は信じられない思いで見た。

「由美子、早く！　ちゃんと首を絞めて！」

理穂の声が飛び、由美子は我に返って再び両手に力を込めた。

両腕を押さえられた範子は足で床を蹴り体をよじったが、今度は和樹が運転席と助手席の間から上半身をねじこみ、必死で範子の足を押さえ込む。

和樹まで？　どうして……

混乱しながらも、由美子はさらに範子の首に指を喰いこませた。

いったい、どれくらいそうしていたのか――

気がつくと、範子は動かなくなっていた。いつの間にか車も停まっている。女たちの息は荒く、髪も乱れていた。

由美子が手を緩めると、理穂も和樹も、範子の体を押さえていた手を離した。そんな三人を、麗香がハンドルを握りしめたまま呆然と眺めている。

「――死んだの？」

誰が言ったのかわからない。由美子自身だったのかもしれない。範子はぐったりとし、目は閉じられていた。

呼吸を確かめようと、範子の鼻の下に、由美子がおそるおそる手をかざした時だった。

カッと、範子の目が見開かれた。

女たちは悲鳴をあげ、飛びのいた。範子は咳き込みながら手さぐりでシートベルトを外すと、ドアに全身をもたせかけて開け、外へと這い出た。目の前で範子が逃げていくというのに、由美子も理穂も和樹も動けず、ただぽかんと眺めていた。

――と突然、車が動いた。

よろめきながらも必死で車から離れようと歩く範子をめがけて、突進していく。

ドン、という鈍い、嫌な音がした。急ブレーキがかかり、車が停止する。

咄嗟に運転席を見ると、麗香がハンドルを握りしめたまま、真っ青な顔をして震えていた。

ひと気のない山中は、不気味に静まり返っていた。

3

〝全裸で。〟

インターネットで見かけた言葉だ。

どんな名言を発しても、すばらしい行いをしても、最後にこの言葉をつければ全てが台無しになるという。

「○さんは電車の中で、お年寄りに座席を譲ってあげました——全裸で」

「○さんは危険を顧みず、車に轢《ひ》かれそうになっていた犬を助けました——全裸で」

「○さんは部下の失敗をかばい、取引先に土下座して謝りました——全裸で」

という具合だ。

理穂の場合、「範子が」という言葉がそれにあたる。

完璧な仕事をしてくれた、職場をきれいにしてくれた、クレーマーを追い払ってくれた——しかし、その後に「範子が」と続くと、どっと白けた気持ちになる。話を途中まで聞いて「なんて良い話だろう」と心を震わせかけても、範子による行いだとわかった途端、怒りすら湧いてきたものだ。

範子が善人なのは、充分にわかっていたつもりだ。彼女が常に正しいことをしていることも。それなのにどうしても、手放しで感謝できない自分がいた。

海外のテレビドラマに出てくる弁護士が使うような大きなマホガニーのデスクで、今、理穂は薄紫色の招待状に向き合っている。光沢のある洒落た封筒に、同色の粋な封蠟。しかしそれも、「高規範子」と記されていることで台無しになっている。

どうして範子から――

冷たく汗ばんだ指で、蠟に押されたNの文字を呆然となぞっていると、ドアがノックされた。

「ハニー、準備はいい？」

ドアの向こうから、夫であるジョーイの声が聞こえる。理穂はハッとして、招待状をバッグに隠した。

「ええ、いいわ」

デスク脇に置いてある姿見で素早く身なりを確認し、重厚な革張りのチェアから立ち上がる。

廊下に出ると、スーツ姿のジョーイの脇に、インタビュアーとカメラマンが立っていた。共に女性である。

「ようこそ、国際キッズアカデミーへ。副学長の理穂・ウィリアムズです」

理穂はにこやかな笑みを作り、彼女たちと握手を交わす。そして夫と共に職員室を抜け、白人や黒人、ヒスパニック系などさまざまな人種の子供たちのいる教室を案内した。

「当校では、アメリカ本土のようなのびのびとした校風の中、世界中から優秀な教員を集め、グローバルかつ質の高い教育をワンストップで提供することをモットーとしており――」

カメラマンが校内を撮影し、インタビュアーが理穂の言葉を書き記す。学長は夫のジョーイであるが、取材は日本語で行われることが多いため、副学長である理穂が主に対応することになる。

東京・新宿の高層ビル内にあるインターナショナル・スクール。第一号のキャンパスとしてオープンしたのが十四年前。今では渋谷、大手町、池袋にも分校がある。半分が日本生まれの日本人生徒、半分が海外から駐在員として日本に来ている外国人家庭の子供だ。日本語と英語はもちろん、フランス語やロシア語、中国語などでも授業が行われ、海外の学校への留学や編入にも柔軟に対応している。これまでにもインターナショナル・スクールはたくさんあったが、あえて多くの外国人の暮らす広尾や六本木ではなく、通勤する両親が気軽に送り迎えできるようなオフィス街を選んで開校したことで、あっという間に人気校となった。

日本のテレビや雑誌でもしょっちゅう取り上げられる。今日も、有名な教育雑誌の取材だった。

「最後に、お二人のお写真をよろしいですか？」

インタビュアーに促され、理穂はジョーイに寄りそう。学長であるジョーイがハーバード大学出身であるという点も、もちろん保護者から信頼される理由だ。しかもプラチナブロンドに碧眼《へきがん》という、典型的な白人の美男。カメラマンがシャッターを切りながら、ため息をつくのがわかった。

「美男美女でエリート、完璧なカップルですねえ。それに、もうすぐ新しいご家族も加わる。お幸せですね」

妙齢のインタビュアーがレコーダーや筆記用具をしまいながら、羨まし気にジョーイと理穂、そして理穂の大きく膨らんだ腹部を見る。

「ええ、そうね」理穂はお腹を撫でながら微笑んだ。「とっても、幸せです」


取材陣をアカデミーの正面玄関で見送ると、「ご苦労様」とジョーイが頬に口づけた。

「思ったより早く終わったね。せっかくだからランチに行こうか」

学長、副学長が揃うことは少ない。お互いに一日中、本校と分校を回って目を光らせ、保護者やスタッフとミーティングをし、新規開拓する地域の下見に出てしまうからだ。が、ジョーイの誘いを、理穂は断る。

「ううん、今日は――」

「ああそうか。友達と約束なんだったね」

「一度、着替えに家に戻るわ」

「僕も書類を取りに戻る。送って行くよ」

新宿から、ジョーイの運転で自宅に戻った。

広尾にある低層マンションの最上階。ワンフロア全部が所有宅で、専用の直通エレベーターがある。二十四時間対応してくれるバイリンガルの専属コンシェルジュがおり、真夜中でもお腹が空いたといえば、近隣の一流ホテルやレストランから温かな食事を調達してくれる。

リビングルームの象牙色のキャビネットの上には、ドイツの古城で挙げたウェディングの写真がずらりと並ぶ。

理想の生活だ、とつくづく思う。

子供の頃、テレビで見た洋画の世界に憧れた。大きな庭、大きな家、大きな犬。英語をしゃべる登場人物は格好よく、いつか話せるようになりたいと思った。

理穂の両親は、車の部品を作る小さな町工場に夫婦して勤めていた。汗と油にまみれて働く毎日。父は、毎晩酔っては酒臭い口から工場長の悪口を吐き出す。母は、休む間もなく仕事に家事にと追われ、化粧気ひとつない。洋画で見る華やかなアメリカ人の生活とは別世界だった。

アメリカには、夢がある。いつかアメリカで暮らしたい。それには仕事がいる。仕事といっても、両親のように人にこき使われるのはイヤだ。そうだ、自分で起業すればいい――理穂の夢は、中学にあがる頃には、かなり具体的になっていた。

高校を卒業するとすぐに日本を飛び出し、ハーバード大学に進学した。両親は共働きだったが、娘を留学させるにはぎりぎりの経済力である。他の留学生のように車を買うことはできず、理穂はキャンパス内にある貧乏寮に住んだ。

留学生に許可される範囲のアルバイトをして小遣いを稼ぎ、カフェテリアで食事をする学生を横目に、毎食自炊をして限界まで切り詰めた。洗濯は一週間に一回コインランドリーへ行くだけ。下着はシャワールームで、体を洗う時に一緒に洗う。「日本人ってお金持ちなんじゃないの？」とアメリカ人のルームメイト、リマは呆れた。

リマの兄が、ジョーイだった。理穂の三歳上だった。彼はキャンパスの外で親友とアパートをシェアして住んでいたが、リマと仲が良く、しょっちゅう寮に遊びにきた。彼は車を持っていたので、買い物に連れて行ってもらううち、互いに大学院に進んでMBAを取得し、ゆくゆくは起業を目指していることがわかって意気投合した。恋人同士になったのは、ごく自然な流れだった。

一足先にMBAを取得したジョーイは、世界でも最大手と名高い証券会社に就職した。金の集まる場所で、経済の流れを読みたいという理由だった。理穂がMBAを取る頃、ジョーイは「日本で起業しないか」と提案してきた。アメリカで起業するのだとばかり思っていた理穂は、驚いた。

「バブル経済が弾けた、不況だ、とはいっても、やっぱり巨額の金が日本の上を通っていくんだよね」

ジョーイは言った。

「そして今、日本には大勢の外国人が働いている。一方、国際化を望む日本人も大勢いる。そこにビジネスチャンスがあると思うんだ」

ジョーイの分析に、理穂も日本に目を向けてみた。二人でリサーチを重ねた末、国際的な教育ビジネスが急成長する見込みがあるという結論に達し、インターナショナル・スクールを起ち上げることに決めたのだった。

投資家を集めて資金調達し、ジョーイと共に日本に戻ってきたのは理穂が二十六歳の時。不安もあったが、理穂たちの目に狂いはなかった——グローバル化が進む中、高い質の教育を求める保護者は予想以上に多かったのだ。結果的に大成功をおさめ、今でも順調に業績を伸ばしている。

理穂は、夢を叶えた。

完璧な人生を送っていた……はずだったのに——

理穂は、ビジネスバッグから薄紫色の招待状を取り出す。ため息をつきながらしばらく眺めた後、黒いクロコダイルのポシェットへと入れ替えた。

シャネルに特注したマタニティのパンツスーツから、ジバンシィのふんわりしたアンサンブルワンピースに着替える。支度を終えてベッドルームを出ると、リビングルームで書類を整理していたジョーイが「なんて美しいんだ！」とソファから立ち上がった。アメリカ人の夫と暮らしていると、日常会話にいちいち感嘆符が多い。

「ありがとう」

簡単にやり過ごして行こうとすると、彼は理穂の前までやってきて、髪が素敵だ、ピアスが目の色に合っている、自分は世界で一番幸せな男だ……と大げさな身振りで延々としゃべった。髪へのキスを受けながらふとポシェットに目を落とすと、マグネットの口が開いて薄紫色の封筒がのぞいている。理穂はジョーイに気づかれないように、素早く閉めた。

夫には絶対に見られてはならない。

招待状が届いたのはおとといだ。郵便物の中に高規範子の名前を見た時は、心臓が飛び出そうになった。郵便物はいつも通いのメイドが整理してキッチンカウンターの上に置いておいてくれるのだが、その日は先に理穂が帰宅して見つけてよかった、と安堵で手が震えた。夫はずっと範子の安否を心配しているし、毎晩のお祈りリストからも外していない。範子のことは、五年経った今でも、夫にとって重要事項なのだ。この封筒を彼が見つけていたら、勝手に開けて大騒ぎしていたことだろう。

「行かなくちゃ」

キスの雨を降らせていたジョーイを軽く押しのけ、理穂はやっと玄関へと進んだ。

「愛しているよ、ハニー」

出る間際に、ジョーイからキスが投げられる。

「友達と楽しんでくるといい」

理穂は曖昧に微笑むと、そっと扉を閉めた。

大通りに出てタクシーを拾い、渋谷にあるホテルの名前を告げた。これから三年ぶりに和樹、由美子、麗香と会う。理穂の緊張を感じ取ったのか、すっかり大きくなったお腹が張った。いけないいけない。心穏やかにしなくちゃ——

車窓から街並みを眺めながら、お腹をさすって息を逃す。

送ってきたのが範子であるはずがない。五年前のあの日、確かに全員で殺したのだから。

しかしそうだとすると、仲間のうち誰かが送ってきたとしか考えられなくなる。由美子、和樹、または麗香。

なんの目的でそんなことをするのか――

いずれにせよ、良い理由ではありえない。この招待状は、平和に生きてきた、いや生きようとしてきた四人の心にさざ波を立てた。送り主が誰であれ、招待状が不幸を運んできたことに間違いはない。

ホテルのエントランスで車を降りると、理穂はティーラウンジへと向かった。

窓際の席に、三人の姿をすぐに見つける。

白髪交じりのボブヘアに眼鏡の作家然とした和樹。長い髪を片方に寄せて三つ編みにし、安物のヘアゴムで留めたもっさりした由美子。そして大きな色付きのメガネで、顔を半分以上隠した麗香。今日日《きょうび》、個室を借りたり高級料亭を使っても、ツイッターやＳＮＳで拡散されてしまう時代だ。こうして一般人に紛れる方が安全だということで、あえてオープンエリアでの待ち合わせとなった。

「久しぶり」

理穂が声をかけると、黙って向かい合っていた三人が顔を上げた。

「あれ……もしかして、おめでた？」

由美子が、少し嬉しそうな声をあげる。

「うん」

理穂は由美子の向かい、和樹の隣のソファ席に座った。

「予定日は？」

和樹が、そっと腹部を撫でる。

「来月」

「やっと成功したのね。よかったじゃない」

麗香が眩しそうに目を細めた。

「うん。長かったわ。結局七年もかかっちゃった」

「ええとさ、あの、それって……」

由美子が言いにくそうに口ごもる。

「正真正銘、わたしの卵子を使った子供よ」

理穂が口元に笑みを浮かべると、三人がホッとした表情をした。

「――で？　招待状がみんなにも届いたって？」

理穂が切り出すと、由美子が硬い表情で頷いた。

「そうやねん……」

「一応みんなの招待状を比べてみない？」

和樹の提案に、おのおのバッグから封筒を取り出し、突き合わせる。

「同じものみたいね」

「そうだね、この封蠟も」

「Nって……やっぱり範子のイニシャルよね」

「切手も全く同じ」

「リンドウやね」

理穂は、冷静に女たちを観察していた。この中の誰かが送ってきたとしたら、不自然な態度をとるんじゃないか……。しかし表面上は、三人とも怯えているようだ。

「ねえ、本当に誰にも心当たりはないの？」

理穂は直球を投げてみる。

「もしもこの中の誰かがお金目当てで脅迫しようとしているなら、先に言っとく。今すぐに止めて。いくらでも、わたしが耳を揃えて支払うから」

理穂の牽制《けんせい》に、誰も答えない。ただ黙って、哀しそうに理穂を見つめ返すだけだ。

女たちの顔を見ているうちに、理穂は理解した。三人とも、内輪の仕業であればどんなにいいかと願っている。

こんな招待状を送って、誰が得をするのか。和樹は作家人生を棒に振るリスクを負うはずがなく、由美子は子供を「殺人犯の子」にしたくないに決まっている。そして麗香とて女優生命を終わらせたくないことは明白だ。

この女たちが関わっていることは、幸か不幸かありえない。

ということは、やはり……。

理穂は粘ついた唾をごくりと呑み込み、差出人として記された女の名前を凝視した。

ジョーイと結婚して八年がたっても、いっこうに赤ちゃんを授かる気配はなかった。仕事の忙しさにかまけていたが、三十五歳を過ぎると急激に妊娠率が下がると聞き、三十三歳である今のうちにと高度不妊治療専門クリニックへ通い始めた。

独身の頃は、セックスをすればすぐに妊娠してしまうかのように刷り込まれてきた。コンドームですら百パーセントの避妊法ではない、生理中に射精した精子が排卵日まで生き残る場合もある、安全日など存在しない、射精しなくても精子は分泌液の中にも含まれており妊娠する可能性がある——などなど。

しかし、いざ妊娠しようとすれば、どうだ。若い健康な男女が排卵日にセックスしても妊娠する可能性は二十〜二十五パーセント程度、卵子の寿命はほんの六時間から二十四時間、着床したとしても妊娠が成立するとは限らない等々、気の遠くなるような話ばかり。ピルとコンドームを併用して神経質なほど避妊し、生理が遅れるたびにビクビクしていたのは、いったい何だったのか。

幸い、仕事場の近くに不妊クリニックはたくさんあった。ひと通りの検査をしてみたが、理穂にもジョーイにも異常は見当たらない。年齢のこともあり、早い段階で体外受精を勧められた。

体外受精というものが、女性の体に大きな負担となることを理穂は知らなかった。毎日ホルモン剤を注射して卵胞を育て、針を子宮から卵巣へと突き刺して卵胞を吸い出す手術をする。本来なら毎月ひとつしか育たない卵胞を人工的に複数育てるので、常に腹部はパンパンに膨れて痛かったし、卵胞を取り出す手術のあとも出血が続くなど大変だった。

そんな思いをしてやっと体外に取り出した卵子が受精しなかった時、受精しても分割しなかった時、分割して子宮の中に移植しても着床しなかった時――女性は絶望に包まれる。理穂の場合は、何度受精卵を子宮に戻しても、全く妊娠に至らなかった。早い段階で分割が停止してしまう受精卵が多いことから、年齢の割に理穂の卵子の力が弱い可能性があると医師から言われている。

「またネガティブだった！」

妊娠判定の血液検査で陰性が出るたび、泣きながらジョーイの胸に倒れ込んだ。

「ハニー、仕方がないよ」

彼はいつでも、優しく慰めてくれた。

彼は優しい。子供を持つこと、そして育てることは、夫婦二人の協力が不可欠だと理解している。女性が主体になりがちな不妊治療でも、毎回仕事を抜けて診察に付き添ってくれる。この辺りが、日本人男性と違うところだろう。

けれども、さらに根本的に違うところがある――それは、なぜ理穂がこんなに辛い思いをしてまで高度不妊治療を続けるのかを、理解できないという点だ。

「ドナーに卵子をもらえばいいじゃないか」

自分の子供を持つことにこだわる理穂に、アメリカ人の夫はいたわりの気持ちから、こんなことを言う。

「アメリカに帰れば、ドナーの会があるよ。出張を兼ねて行ってみよう」

「いやよ」

「どうして?」

「どうしてって……」

Because. と理穂は答えた。

Becauseは、日本では一般的には「なぜなら〜」という接続詞として認識されている。しかしBecauseにピリオドを打てば、それは「どうしてもだ」と言い切る意味になる。英語を自由に使いこなせるようになった今では、理穂はこの言葉を便利に使う。

「どうしてこんなに辛い体外受精を続けるんだい?」

「どうしてドナーから卵子を提供してもらわないんだい?」

「どうして養子をもらうのが嫌なんだい?」

——Because.

どうしてもよ、と。

アメリカ人の夫は、卵子提供にも養子をもらうことにも抵抗はない。そもそも夫の両親にとって実子はジョーイのみで、ジョーイの兄二人と妹のリマは養子である。しかも人種はばらばら——兄二人はアフリカ系アメリカ人で肌の色は黒く、リマは中国系だ。だから最初、リマから「兄なの」と白人のジョーイを紹介された時、理穂はものすごく驚いた。今では彼らもそれぞれ結婚し、何人もの養子を引き取って実子と共に育てているが、ラテン系、アジア系、ロシア系などさまざまである。

「僕たちに子供ができないのは、両親のいない子供を引き取ってあげなさいという神様の思し召しかもしれないじゃないか」

クリスチャンでもあるジョーイは、そんなことも言う。

「だけどわたしは、自分の子供を産みたいのよ。自分のお腹を痛めて――」

自分のお腹を痛めて、という表現も、彼には理解しがたいらしい。いつも首を傾げる。そして、

「だったら、やっぱり卵子をもらえばいい。そうしたら、君のお腹を痛めてとやらで産むことができる」

そういう意味じゃない。「自分のお腹を痛めて産みたい」という女に、こんな提案をする日本の男なんて絶対にいない。

「他人の卵子だったら、わたしのDNAが入ってないじゃない!」

こう言うと、彼はちゃんと理解する。ただし、あくまで生物学的にで、心理的にではない。

「確かに、君のDNAは入っていない。生物学的には君の子供ではない。だけどそれがどうしたの?」

自分の本当の赤ちゃんが欲しい、という単純明快な望みを、どうして理解してくれないのか。しかしあまり何度も言うと、

「僕の兄も妹も、まぎれもなく両親の子供であり、本物の家族だけど?」

とムッとする。

そうじゃない。あなたの家族のことを否定なんてしてない。

そしてお互いにBecause.と言い合う。

普段は完璧なパートナーであるのに、子供を持つことに関してはそんな不毛な言い争いを、二人は長いこと繰り返していたのだった。


和樹や由美子、麗香、範子と同窓会で再会したのはそんな時だった。

高校を卒業してすぐに留学してしまった理穂は、誰との連絡も途絶えていた。十五年ぶりのおしゃべりは懐かしく、楽しかった。まだまだ喋り足りないと、同窓会から一か月後にあらためて、和樹が東京でのランチ会を企画してくれた。

他人の子供を預かるということは神経を遣う。特に高額な学費を払って子供に国際教育を受けさせようとする保護者の目は厳しい。理穂は常に発言に気を遣い、副学長として模範的に振る舞わなければならない。だから十代の頃からの気の置けない仲間と集まる時間は、理穂にとって貴重なのだった。

不妊治療をしていることは、そのランチ会でカミングアウトした。

「皮肉なもんだねえ、学校を経営してる理穂がさ」

和樹は食後の一服とばかり煙草をくわえ、火をつけようとしながら言った。が、ふとその動作を中断し、バッグに煙草とライターをしまう。妊活をしている理穂に、副流煙を気遣ったのだ。和樹は男っぽくガサツなところがあるが、実はこんな風にさりげなく他人を思いやれる子なのだ。

「そうよねえ、二人の子供だったら美男美女、そしてエリート間違いなしでしょうに」

麗香も、ため息をつく。自身は結婚する気も子供を持つ気もないと笑っていた。母親役のオファーが来ても、「いつまでもミステリアスな雰囲気を保っていたいから」と断ると言う。だからだろうか、同年代の女優より、ずっと若々しく美しい。ブレークのきっかけとなった昼ドラの悪女役のイメージが強いが、週刊誌を賑わすスキャンダルとも無縁なので、実際には恋愛に慎重なのだろう。

「経済的にも問題ないねんから、理穂みたいな人に、ほんまにバンバン産んでほしいわあ」

由美子が、柔らかな関西弁で言った。長男が工作で作ったというビーズの携帯ストラップをつけ、次男が描いたぐちゃぐちゃの絵を転写したTシャツを着ている。高校の時は可愛らしかったが、今ではぽっちゃりしていかにも「おばちゃん」という雰囲気だ。けれどもきっと良いお母さんなんだろうな、と理穂は羨ましく思う。

「三十代前半での体外受精による妊娠率は二十五から三十五パーセント程度だってどこかで読んだことがある。早く授かるといいね」

範子が言った。彼女らしい、真面目で的確なコメントだと思った。中学時代、理穂は優等生だったが、高校で出会った範子は輪をかけて真面目で几帳面だった。正義感が強く、正直、ちょっと行き過ぎではないかと思ったことさえある。しかし理穂は、範子の正しさに救われたことがあるのだ。

高校一年の三学期のことだ。修学旅行の積立金を集金する日の朝、六人の生徒の鞄から現金の入った集金袋が抜き取られた。その六人は早朝からクラブ活動で登校しており、たまたま理穂も図書室に寄りたくて早朝から来ていた。そして運の悪いことに、一人きりで教室にいる理穂を、他の学年の生徒が見ていたのである。

真っ先に理穂が疑われた。何度違うと言っても認めてもらえず、「泥棒」呼ばわりされた。教師は「証拠もないのに友達を疑うな」と口ではたしなめつつ、「どこかに落ちていたことにしてあげるから、いつでも持ってきなさい」と理穂に耳打ちした。

和樹や由美子、麗香、範子は、そんな理穂に変わらず接してくれた。一緒に教室を移動し、弁当を食べた。有難かった。

範子は、そのままでよしとしなかった。理穂から朝の状況を詳しく聞き出し——何時何分に教室に着いたのか、その時には誰の鞄があったのか、廊下に他に誰かいなかったかなど——、朝から登校していた他の学年やクラスの生徒にも、徹底して聞き込んで回った。

二週間後、範子は真犯人を突き止めた。聞き込みによって、集金袋を盗られたと言っている六人のうち一人は、理穂が教室に来た時点ではまだ登校していなかったことがわかった。図書室に入ってからの理穂は、司書教諭の証言から、一歩も出ていないことが明らかになっている。朝のホームルームの時間、範子はクラス全員の目の前で、この男子生徒を問い詰めた。彼は泣きながら自分が盗んだことを認め、理穂に謝罪した。

担任教師に付き添われ、彼はそのまま警察へ行った。文化祭の喫煙事件以来、学校内で処理しようとすると範子が余計に大ごとにすることを、新しく赴任してきた校長もわかっていたのだろう。

犯人扱いされていた理穂は、いい気味だと胸がスッとした。数日の停学程度でうやむやにされたら、きっと悔しいままだった。喫煙事件の時は正直、わざわざ警察や教育委員会に知らせるなんて……と思ったりもしたが、こうして自分が巻き込まれてみれば、いくら高校生でも社会的制裁を受けるのは当然だという気にもなる。

警察沙汰にはなったものの、被害者とその保護者たちが「お金を返してくれさえすれば被害届は出さない」と言ったらしく、結局事件にはならないことになった。

「わたしが被害者だったら、うやむやになんかしない。刑事でも民事でも訴えてやったのに」

範子は残念そうだった。

過激な発言かもしれないが、当事者の理穂は「そうだ、窃盗の前科でもつけばよかったんだ」と鼻息荒く同意し、そしてここまで自分のことのように感じてくれている範子に感謝した。なにより範子の誠意が嬉しかった。時間を割いて、労を厭わず、真犯人を見つけ出してくれたのだ。和樹も由美子も麗香も大事な友達だが、無実を証明してくれたわけではない。範子こそ心からの親友だと、しみじみ思った。この一件があってから、理穂は範子に全面的な信頼を置くようになったのである。

それなのに、卒業してからはすっかり疎遠になってしまっていた。アメリカに留学した当時Eメールはまだ一般的ではなかったし、勉強に明け暮れて手紙を書く暇もなかった。

けれども、こうして会えば十五年の時間はすぐに縮まる。五人でテーブルを囲んでいると、教室でわいわい食べていた制服姿の自分たちが重なり、理穂の胸は温かくなった。

四度目のランチ会の直前、大変なことが起こった。経理全般を任せていたイタリア人男性が、アカデミーの金庫で管理していた現金を持ち逃げし、そのまま自国へ帰ってしまったのである。乾杯をしてすぐ、理穂は愚痴をぶちまけた。

「最悪でしょ？　第一号キャンパスの起ち上げから手伝ってもらってた人で、信用してたのに」

「お金のトラブルって、一番大きいよねえ」

そんな会話の流れから、範子が以前一般企業の財務部に勤め、決算なども担当していたことを知った。

「ねえ範子」理穂は身を乗り出した。「うちで働いてくれない？」

範子なら、一億円を預けても、絶対に心を動かされないだろう。理穂は自分自身なんかよりも、範子をよっぽど信頼しているくらいだ。

「ねえお願い。今回のことで誰も信用できなくなっちゃったの。考えてみて」

理穂は拝むように両手を合わせた。和樹や由美子、麗香も「確かに、範子ほど信用できる人はいないわよね」と笑う。

「わたしにできるなら」

範子は快諾してくれ、早速翌週からアカデミーで働いてくれることになったのである。

その夜、理穂はジョーイに範子に働いてもらうことを報告した。

「リホの親友だから信用はしたいけれど、大丈夫なのかい？」

長年信頼してきた担当者に裏切られたばかりのジョーイは、心配そうに眉を寄せた。

「絶対に大丈夫。正義感の塊みたいな人だから」

理穂は高校時代のエピソードを話した。

「へえ、君のために真犯人を？　それはすごい友情だねえ」

ジョーイは感嘆の口笛を吹いた。

「そうでしょう？　わたしの、自慢の友達なの」

「なかなかできることじゃないね。そんな素晴らしい人なら、会うのが楽しみだ」

そして初めてアカデミーにやってきた範子と挨拶を交わすと、「確かに、誠実さが滲み出ているね。彼女になら安心して任せられそうだ」と喜んだ。

予算や決算に関すること、そして経理全般が、範子の担当になった。学費や設備費の管理の他、日々の収支のチェック、そして現金の管理。範子に金庫番を任せていれば、全てが安心だった。アカデミーの中では、範子は理穂のことを「副学長」と呼び、誰かが見ていなくても敬語で話すところも、さすがだと思った。範子の働きぶりに、ジョーイは「ノリコのすることは全て正確で無駄がないね。アメイジング！」と大絶賛した。

範子を雇って大正解だった。心からそう思っていたのだ——あの日までは。

範子が勤務し始めて二か月ほどしたある日、スタッフルームから騒ぎ声が聞こえてきた。

「どうしたの？」

理穂が駆け込んだとき、日本人の男性スタッフ・田島と女性スタッフ・北見が、携帯電話を持った範子の腕を押さえつけていた。

「何を揉めているの？　落ち着きなさい」

理穂が言うと、スタッフ二名はしぶしぶ範子の腕を放した。

「何があったのか話してくれる？」

三人を座らせ、理穂も一緒にテーブルに着く。昼食中だったのだろう、テーブルの上には食べかけのサンドイッチや弁当が広げられていた。

「それが……高規さんが、通報するって言い出して」

北見が口を開いた。

「通報？　なんの？」

理穂は驚いて尋ねる。田島が説明を始めた。

「僕と北見さんで、昨日のJリーグの試合結果に五百円を賭けてたんです。僕はアントラーズが勝つ方に、北見さんはガンバが勝つ方に。ガンバが勝ったので北見さんにさっき五百円を渡そうとしたら、高規さんがいきなり『これは犯罪だ』って――」

「当然でしょう。賭博ですから」

範子が、無表情に言い放つ。

「ちょ、ちょっと待って」

理穂は慌てて範子に向き直った。

「じゃあ今、警察に電話をしようとしていたの？」

「もちろんです」

理穂はなんといっていいかわからず、三人の顔を見た。たったの五百円。しかも子供レベルの賭け事。もちろん、厳密にいえばしてはいけないことなのだろう。だからといって――

「とにかく、アカデミーに警察を呼ぶことは困るわ。それに、まだ金銭のやり取りはしていないんでしょう？　だったら罪には……」

「お金を賭けて、勝者に与えることを約束するだけで、賭博罪は成立します」

「そんな……たった五百円ごときで」

「金額の大きさは問題ではありません。刑法一八五条によれば飲料や食べ物など、一時の娯楽に供する物を賭けたのであれば賭博罪にはならないとされていますが、金銭の場合はたとえ少額であっても『一時の娯楽に供するもの』には当てはまらないとされています」

「ちょっと待って。飲み物や食べ物ならいいの？」

「はい。また、それらを購入するためにお金を出させることも、賭博罪にはなりません」

「だったら、この五百円でジュースなりデザートを買うのならいいってこと？」

「形式上はそうですが、田島さんと北見さんの間では五百円という金銭の取り決めが――」

「ううん、五百円分のデザートを買うっていう約束だったの！」

北見が必死に声をあげ、田島も「そう、そうなんだ」と話を合わせた。

範子は、無言でじっと二人を眺める。理穂は息を詰めて、様子を見守っていた。

「わかりました」範子が静かに言った。「書面などの証拠もありませんし、まあ仕方ないでしょう」

田島と北見はホッとした表情をすると、「副学長、申し訳ありませんでした」と頭を下げ、食べかけの食事を持って逃げるように出ていった。

範子はそのまま、平然と弁当の残りを食べている。高校時代から変わらない、色とりどりのバランスの取れた手作り弁当。

理穂の脳裏に、高校時代の出来事が浮かんできた。

盗難事件での真犯人を突き止めた範子。これまでは理穂のためにしてくれたのだとばかり思っていたが、もしかしたら範子は犯人を見つけ、そして制裁を加えたかっただけなのではないだろうか。

もしもあの時、やはり理穂が真犯人だったら、男子生徒にしたようにホームルームで糾弾し、警察へ突き出し、そして自分が被害者であれば刑事でも民事でも告訴したのではないか。

和樹や由美子、麗香は、たとえ理穂が犯人であったとしても、きっと責めないし、友達でいることをやめない。けれども範子は、徹底的に理穂を追いつめただろう――間違いを正すために。

範子は、理穂のことを大切に思っていたわけじゃない。大切だったのは、正義だけだったんだじゃないか――

「副学長、まだ何かご用ですか？」

食べ終えた範子が顔を上げた。

「ううん、何でもない。お疲れさま」

無理やり笑顔を作って、スタッフルームを出た。

急ぎ足で副学長室に向かいながら、自分を叱る。

最低なわたし。高校の時、どん底から救ってもらったくせに。範子がいなければ、ずっと犯人扱いされていただろう。恩を受けておきながら、こんな風に考えるなんて――

副学長室のドアを開け、後ろ手に閉める。何度も深呼吸した。しかしいくら自分に言い聞かせても、心に一度滴った不安は、墨のように理穂の心に広がっていくだけだった。


職場での範子の行動は、ますます理穂を悩ませていた。

理穂が副学長室で個人用の携帯電話を充電していたら、「業務上横領です」と注意される。会社の親睦会に参加できないと言った社員に「やだー、あなたがいないと盛り上がらない。なんとか都合つけて来てよ、お願い」と頼めば、「労働基準法違反です」と指摘される。肩こりに悩む外国人教師に、以前処方されて余っていた湿布薬を貼ってやろうとすると「薬事法違反です」と目を吊り上げる。

そういった態度は、理穂に対してだけ向けられるのではない。職員全員を、些細なことで犯罪者扱いする。スタッフは範子の存在を持て余し、職員室は一日中ぎすぎすした雰囲気になった。しかし誰も文句を言えないのだ――範子の発言は筋が通っており、百パーセント正しいのだから。

一方で、保護者達からの評判はすこぶる良かった。学費や運営費が何にいくら使われているか、範子は詳細な報告書を作って配布した。その日のうちに「これまで月謝を高いと思っていたが、安全管理や教員の研修に力を入れていることがわかって納得できた」と反響があった。保護者からの学費に関する問い合わせは意外に多く、返答にはなかなか手間がかかるものだが、範子はどんな質問にも的確に答え、保護者からの信頼を得ていた。

いいことじゃないか、と理穂は喜ぼうとする。けれども、どうしてももやもやする。範子がそこにいるだけで、息苦しい。次はいつ誰が糾弾されるのかと思うだけで気が重くなる。

百パーセント正しい、ということは、それだけですでに大きな欠点なのだと理穂は初めて知った。規則だらけの高校にあっては、少々行き過ぎだとは思っても納得できるものがあった。しかし会社という組織の中では、戸惑わざるをえない。

そんな時、「全裸で」という言葉を見つけたのだ。ああこれは範子のことだと、理穂は納得した。いくら正しいことであっても、範子に指摘されては感謝の気持ちも湧かない。ただ不愉快なだけ。

全裸の正義。正義のヌーディスト。

範子の正義はあまりにも剝《む》きだしで、露骨で、こちらが目をそむけたくなる。ところかまわず相手かまわず、あられもなく正義をさらけだし、肉薄する。融通や配慮という衣をまとわない丸裸の正義の前には、周囲はうつむくしかないのだ。

日本語での細かいやり取りやニュアンスが伝わらないのか、ジョーイは範子のことを気に入っていた。「こんなに信頼できる人はいない」と手放しで誉めちぎる。

「確かにわたしも信頼はしてる。でも……範子って、ちょっと変わってない？」

ある時、さりげなくジョーイに聞いてみた。

「どこが？」案の定、ジョーイは驚く。

「どこがって……」

真面目すぎるから。正しすぎるから。完璧すぎるから——

「ううん、なんでもない」

理穂は微笑んで、ごまかした。


ある日、理穂が渋谷の分校にいると、新宿本校にいたジョーイから電話がかかってきた。

「聞いてくれよ、たった今、ミラクルが起こったよ！」

興奮気味の彼が話すには、モンスターペアレントとして要注意だった日本人の父親が、一連のことを謝罪してきたというのだ。

「石田さんが？　まさか。ありえないわ」

「そう思うだろ？　それがね……」

石田は二か月前に入学したばかりのグレード1（小学一年生）の女児の父親で、ほぼ毎週のようにクレームを入れていた。なぜ劇の主役に娘が選ばれないのか。ブランドの服を着せていたのにクレヨンで汚れたのは教師の注意不足だ。虫歯ができたのは給食の質が悪いのと教師が歯磨きをしてくれないせいだ。遠足の日、共働きの自分たちは弁当を作れない。高い学費を払っているのだから学校で用意しろ、などなど。

確かに、学費は高額ではある。しかしこれら不当な要求をする理由にはならない。ジョーイも学長として誠意をもって説明にあたってきたが、一向にクレームは減らない。職員一同、頭を悩ませている相手だった。

この日、ついに石田は直接、本校に乗り込んできたという。そして応接室で延々といつもと同じ不満を述べた。

「だけど僕は毅然と突き放したんだ。『ミスター・イシダの仰るどのクレームも、親権者としての監督保護義務の範囲であり、教育機関の義務ではありません』とね」

「すごいじゃないの！　見直したわ、ハニー！」

「ああ、急に黙り込んだよ」

理穂は嬉しくなった。頭も切れるし、経営者としても優秀な夫。しかし保護者の扱いに優れているとは言えなかった。その彼が、こんな風に相手を封じ込めることができるとは。

「その後もミスター・イシダは顔を真っ赤にしてあれこれ騒いでいたんだけど、『当校は日本にある以上、日本の法律を重んじている。ミスター・イシダのなさっていることは、民法八二

○条に規定されている親としての義務を当校に押しつけようとしているに過ぎない。また、度が過ぎれば業務にも差し支えかねないため、業務妨害で訴えることも視野に入れるつもりだし、他生徒の保護者からも授業妨害の損害賠償を起こされる可能性がないとは言えない』とお伝えしたんだ。他の保護者と揉めるのは避けたかったんだろうね、謝罪してくださったよ」

ご苦労様とねぎらおうとした理穂の心に、何かが引っ掛かった。

「ねえ、もしかしてそれって……」

「そう、ノリコがアドバイスしてくれたんだ！」

やっぱり。

理穂の胃が、急速に冷えていった。「範子が」という発言で、また全てが台無しになる。

理穂にはわかっている——範子は決してアカデミーを守ろうという気持ちでアドバイスをしてくれたのではないということを。

「さすが範子よね」

しかし表面上、理穂は同調した。

割り切るしかない。範子は優秀で、アカデミーに貢献してくれていることは事実なのだ。職場でのトラブルは、どこでも何かしらある。

アカデミーにいる間だけ我慢すればいい。私生活には関係ないのだから——。

理穂は、そう自分に言い聞かせた。

八回目の体外受精が、失敗に終わった。

大切な会議や学会を休まなければならないほど、理穂は精神的なダメージを受けた。範子のせいでイライラしているからダメだったんじゃないか、範子さえいなければ授かれたんじゃないか――そんな風に考えてしまうほど、心は荒れた。

ジョーイは可能な限り仕事をセーブし、理穂の側にいてくれた。旅行に連れ出し、ジャズのライブに誘い、ヘリコプターの遊覧飛行を企画してくれた。

ジョーイの優しさに触れ、理穂は少しずつ立ち直っていくことができた。やっと現実を受け入れ、次の体外受精への挑戦を前向きに考えられるようになった頃、眠りにつく前、ジョーイがぽつりと言った。

「卵子を提供してもらうことを、真剣に考えてみないか？」

思わずベッドから起きあがって、理穂はジョーイを睨みつけた。あれだけ何度も嫌だと伝えてきたはずなのに。

「わかってる、わかってるって」理穂の強張った表情を見て、ジョーイも慌てて起きあがり、理穂の肩に手を回した。「見知らぬ女の子供なんて産みたくない――そうだろう？」

「そうよ」

理穂はジョーイの胸に、乱暴に枕を押し付ける。

「でも見知らぬ人……じゃなかったら？」

ジョーイは枕を受けとめつつ、自信ありげに言った。

「どういう意味よ」

「だから、君も僕も、よく知っている人からもらったらどうかってことさ」

一瞬意味が分からず、ぽかんとジョーイの顔を見つめる。

「実はね……また体外受精が不成功だったと話したら、ノリコが卵子提供に名乗りをあげてくれたんだ」

「なんですって？」

私生活の中にまで、範子が全裸で立ち入ってきた――理穂は身震いした。

「ノリコなら、君も納得してくれるだろう？　なんといっても君の親友であり、僕の恩人でもあるんだから」

目の前のジョーイの顔が、ぐにゃりと歪んで見える。

「ノリコは本当に優しい人だね。あんなに体に負担がかかることを、やってもいいって言ってくれてるんだ。毎日注射をして、採卵手術をして――」

やめて……。

「しかも謝礼はいらないって言うんだ。少子化対策に貢献することは正しいことだからと」

やめて――!!

「あんなに寛大な女性を、僕は見たことがないよ。他人のために自分を投げ出せる、素晴らしい人だ。君は、本当に最高の親友を持ったね」

「いや！　聞きたくない！」

理穂は身を硬くして、耳をふさいだ。

「範子なんて、親友でもなんでもないわ！　いつも正義を押し付けて、こっちの頭がおかしくなりそう！　寛大でもないし、素晴らしくもない！　あんな子、だいっきらいよ！」

大声で、一気にぶちまける。はっと気がつくと、ジョーイが蒼ざめた顔で理穂を見つめていた。

「リホ……なんてことを言うんだ」

ジョーイの声が、失望と怒りで震えている。

「ノリコのことを悪く言うなんて、どうかしてる。僕たちは助けられてばかりなのに」

「範子はわたしたちを助けてるんじゃないの。あの子にとって大事なのは正義だけ。あの子には、思いやりも優しさも温もりも――」

すっと片手を理穂の前に立てて遮ると、ジョーイは冷たい声を出した。

「それ以上ノリコを悪く言ったら……僕は君のことを一生、軽蔑する」

「ジョーイ……」

「こんなにも君や僕のために尽くしてくれる人が、他にいたかい？　そんな尊い人のことをけなせるなんて信じられないよ」

「だって……」

「どうして反対するんだ？　僕は子供が欲しい。君も欲しい。僕は養子にも卵子提供にもこだわりはなかったが、君は他人からもらうのは嫌だと言った。そこにノリコの申し出だろう？

神様からの贈り物としか思えない」

「じゃああなたは……範子から提供を受けたいの？」

「もちろんだよ。こんな適任者はいない。君だって賛成してくれると思ってたのに」

そこで言葉を切ると、ジョーイは長いため息をついた。

「感謝の一言もなく、ノリコの好意を踏みにじるようなことは二度と言わないでくれ。君の人間性を疑うよ。とにかく早いうちにノリコとクリニックへ行こう。いいね？」

そう言うとジョーイはベッドをおり、「今夜はゲストルームで眠るから」と寝室から出て行った。

広い寝室にぽつんと一人残され、理穂は絶望に包まれていた。

どうして？

どうしてわたしが、範子の子供を産まなくちゃならないの？

両腕で自分を抱きしめる。

拒否すれば、理穂が悪者になる。ジョーイに軽蔑される。範子を説得して、撤回してもらわなければ……

次の日の終業後、理穂は範子を副学長室に呼び出した。

「なんでしょうか、副学長」

「プライベートな話だから、その呼び方はやめて。ねえ、卵子提供なんて本気なの？」

理穂は単刀直入に切り出す。

「ええ」

「取り消してよ。ジョーイに、やっぱり気が変わったって言って」

「どうして？」

「だって……」

素早く頭を回転させ、効果のありそうな理由を思いつく。

「そもそも、日本で卵子提供なんて認められてないんじゃないの？」

「いいえ。倫理的に疑問視する声は多いし、行っていない施設の方が多いけれど、禁止する法律はないわ」

そうだったのか。範子のことだから、合法であることはちゃんと調べてあるのだ。

「とにかく、怖くなったとか何か理由をつけて、範子から断ってほしいの。お願い」

「思ってもいないことは言えないわ。だけど、もちろん理穂が拒否するのは自由よ。提供を受けたくないなら、ご主人を説得すればいいじゃない」

「それができないから頼んでるんでしょう」

「なぜできないの？」

「それは……」

ジョーイはあなたを卵子提供者としてパーフェクトだと信じているから。言葉に詰まった理穂に、淡々と範子は言う。

「州によるけれど、アメリカでは卵子や精子の提供、代理母出産が広く認められていて、法も整備されているわよね」

「……だから何？」

「それはつまり、子供を持つ権利が法的に尊重されているということでしょう？　であれば、不妊である理穂は、すでにご主人の権利を侵害しているとも考えられる」

「範子、ひどいわ……」

不妊という事実にこれまでさんざん傷ついてきたが、範子の非情な言葉はより深く突き刺さった。しかも権利の侵害だなんて。

「体外受精がうまくいかなくて泣いてたこと、範子だって知ってるじゃない。よくもそんなことが言えるわね」

「あら、わたしは事実を話しているだけよ」

範子は無表情に答える。そこに悪意は感じられない。だから余計に怖くなる——範子に人間らしい感情はあるのかと。

「卵子提供を拒むということは、ご主人からさらに子供を持つ機会を奪うということ。不妊は理穂のせいではないとしても、こちらは完全に権利の剝奪になるんじゃないかしら」

「剝奪って……どうしてわたしが悪者になるのよ。あんた、頭おかしいんじゃない？　あんたが撤回してくれれば、誰も傷つかずに済む話じゃないの！」

「ご主人から断られない限り、わたしはオファーを撤回したりしない」

範子は毅然とした口調で続ける。

「とにかく、二人でよく話し合うといいわ。いずれにしても、わたしはわたしで準備を進めているから」

「……準備？」

「ええ。昨日のうちに、血液検査に行っておいたの。事前に性病の検査やホルモン値の測定が必要なんですってね。結果が出るまで、数週間かかるって聞いたから」

「やめてよ！」理穂は悲鳴のような声を上げる。「どうして余計な事ばかりするの!?」

「あら、だって」

範子は口元に歓喜をにじませ、うっとりと言った。

「ご主人の権利を守るお手伝いをすることは、正しいことだからよ」

エクスタシーを感じているような表情。

何なの、この子。

そうよ。範子はジョーイのことを思いやって卵子を提供するわけじゃない。ただ自分が、正しいことをしたいだけ——

思わずつかみ掛かりそうになった時、ドアが開いた。

「ああノリコ！　ここにいたんだね。もう一度昨日のお礼を言いたくて、探していたんだ」

にこやかに、ジョーイが部屋に入ってきた。

「今ちょうど、理穂に血液検査へ行ったことを報告していたところです」

範子が言うと、ジョーイは瞳を輝かせる。

「もう行ってくれたのかい？　どうして君はそんなに素晴らしいんだろう」

ジョーイは延々と、いかに範子の奉仕精神に感動しているかを語り始めた。ジョーイの全身からは、やっと子供を持てるという希望と喜びが満ち溢れている。この人はこんなにも子供を望んでいたのか、と理穂は頭を殴られる思いだった。

これまで欲しがってはいても、「神様が決めることだからね」と言ってくれていた。しかし、それは理穂への配慮だったのだと、今改めて思い知る。

こんな彼を目の当たりにすると、確かに卵子提供のチャンスを拒否する自分が非情に思えてくる。けれども、やはり範子の卵子をもらうのは嫌だ。何とかして範子から断ってもらわなくてはならない。

しかしジョーイのいるアカデミー構内で、これ以上の説得は難しいだろう。この週末に、ちょうどランチ会がある。彼のいないところで、じっくり話し合わなくては。

なんとしても説き伏せるつもりで、理穂は当日、山梨まで赴いたのだ——

「コーヒーのお代わりはいかがですか？」

頭上から聞こえてきた声で、理穂は我に返った。黒服を着たウェイターが、銀のコーヒーポットを持って立っている。

「結構です。どうも」

理穂が断ると、ウェイターは頭を下げて去って行った。

「一度、状況を整理しよう」

ウェイターが去るのを見届けると、和樹が仕切り直す。

「内輪の悪戯《いたずら》ではない。となると第三者がわたしたちの秘密を知ってることになる」

女たちの顔に、緊張が走る。

通報されて全員逮捕されるか、口止め料を要求されるか――いずれにしても、明るい未来はない。

「だけど、いったい誰が、どうやって秘密を知ったっていうの」

理穂は少しヒステリックな声をあげる。

「もしかして……誰かに見られてたんやろか」

「そうだとしても、どうして五年もたってから？」

「確かに」

「五年って、失踪者から死亡者になるんじゃなかった」

「それは七年。あと二年足りない」

「まさか……死体が見つかったとか」

「可能性はあると思って新聞もネットも調べてみたんだけど、山梨県で遺棄された遺体が発見された、なんていうニュースは出てないの。念のため県警の身元不明遺体リストも確認した。でも、範子らしき遺体はなかったんだ」

和樹のリサーチにホッとしつつも、釈然としないものが残る。

「あのさあ」由美子が遠慮がちに口を開く。「うち、気になってることがあんねんけど、言ってもええ？」

「どうぞ」

「第三者でもないとしたら……もっと怖いと思わへん？」

理穂と和樹と麗香が、由美子を見る。

「だから当事者……範子本人やったら……」

実際には埋めたわけではないのに、地中から血に濡れた手が突き出され、泥と血にまみれた範子が這い出てくる様子が、理穂の脳裏にありありと浮かんだ。針の刷毛《はけ》で背中を撫でられたような気になり、全身に鳥肌が立つ。

「そんなはずない！」

和樹の声に、理穂の不気味な妄想は取り払われた。

「あたしと理穂で、ちゃんと死んでるのを確認したんだから」

「そう、息も心臓も、確かに止まってた。この目で、耳で確かめたのよ——」

理穂の脳裏に、五年前の十月十一日のことがありありと浮かんできた。

後部座席の真ん中で、カーブのたびに左右に揺られながら、理穂はみさき山の景色を眺めていた。誰かが何かを話しても、全く耳に入ってこなかった。仕事以外でも範子と一緒にいることが、理穂には耐え難かったのだ。

「正義こそ、この世で一番大切なものよ」

範子の歌うような声が耳に入ってきた。普段は感情の読めない、抑揚に乏しい声なのに、『正義』を語る時だけは、妙に熱を帯びる。

また正義、正義、正義。

反吐《へど》が出そうだ。

——と思った瞬間、信じられないことが起こった。

「いい加減にして！」

突然由美子が叫んだかと思うと、助手席に座る範子の首を、後ろから絞めたのだ。

——由美子、どうしたの？　何をしてるの!?

由美子の目は吊り上がり、血走っていた。おっとりしている由美子を、こんな表情に、そして行動に突き動かすものは何だろう。目の前で起こっていることが把握できず、隣にいるというのに、理穂は凍り付いて動けなかった。範子が苦しげにあえぎながら、身をよじっている。

由美子の手がすべり、範子の体が自由になりかけた。

その時、呪縛から解き放たれたように、素早く理穂の体が動いた。無意識のうちに、由美子の背後に回って手を伸ばし、暴れる範子の両腕を羽交い締めにする。今度は由美子の方が、驚いた目で理穂を見ていた。

「由美子、早く！　ちゃんと首を絞めて！」

そうだ。こいつさえいなければ、全て解決する。全てのわずらわしさから解放されるんだ

——

由美子が弾かれたように、再び範子の首に指を喰いこませる。範子はより激しく体を揺らし、唯一自由な両脚でダッシュボードを蹴った。シートベルトで押さえられた腰が浮きかけたところを、今度は和樹が運転席と助手席の間から身を乗り出し、体重をかけて範子の動きを封じる。

いったい何が起こっているのだろう。

どうしてみんなで範子を殺そうとしているのだろう。

寄ってたかって範子の体を押さえつけながらも、理穂は信じられないでいた。急にブレーキがかかり、全員ハッと我に返る。いつの間にか、範子はぐったりとして動かなくなっていた。範子の顔は白く、眼はきつく閉じられている。細い首には、くっきりと由美子の指の跡がついていた。

「——死んだの？」

和樹が身体を起こし、荒い息を吐きながら言った。汗で額に髪を張りつかせた由美子が、範子の鼻の下にのろのろと手をかざす。

その時、範子の両目が大きく開いた。由美子と和樹がキャーッと叫び、シート中央の理穂にすがりついた。範子がドアを開け、よろよろと外へ出ていく。

——逃げられる……

焦るのに、体が動かない。リンドウ色のワンピースが、少しずつ遠のいていく。何とかしなくちゃと思った瞬間、急に車が発進した。バンパーが範子にぶつかって鈍い音を立てると、リンドウ色が視界から消えた。麗香が急ブレーキを踏み、女たちの体が前につんのめる。

一瞬ＣＤの音が飛んで、時間が止まったような錯覚に陥った。が、すぐにスピーカーから軽快なワルツが流れ出す。フロントグラスの前には、殺伐とした雰囲気とは正反対の、のどかな山の景色が広がっていた。

誰からともなく、車から降りた。

鳥の囀《さえず》りと、風が梢を揺らすのどかな音に、ぶるぶるぶる……と死にかけた馬の吐息のような低いエンジン音が混じっている。

おそるおそる車の前に行ってみると、範子の脚が見えた。血まみれかもしれないと想像すると怖かったが、タイヤには巻き込まれず、フロントバンパーに弾き飛ばされたようで、車から少し離れたところに仰向けに倒れている。土にまみれていることと手足に擦り傷がある以外は、体はきれいなままに見えた。

「今度こそ……死んでるん？」

由美子の声が震えていた。和樹が意を決したように近づき、範子のそばにしゃがむと手首を取った。しばらくして、長い息を吐き出す。

「うん……死んでる」

その言葉に、理穂と麗香と由美子も、範子のそばにしゃがんだ。

「念のために、脈だけじゃなくて心臓も確かめてみてよ」

哀願するように、麗香が和樹に言う。

「やだよ、あたしばっかり。手を持つのだって怖かったんだから」

誰がするべきかとしばらく揉め、結局公平を期してじゃんけんで決めることになった。死体を囲んで、アラフォーの女たちが必死の形相でグーチョキパーを繰り返す。さぞかし異様な光景だろうな、とぼんやり考えているうちに、理穂が負けてしまった。

理穂は範子の傍らに膝をつき、覆いかぶさるように自分の頭を範子の胸に近づける。全身にじっとりと汗をかき、口の中は干上がっていた。思い切って耳を押し付けると、柔らかな弾力があった。理穂の心臓は痛いほど激しく打っていて、コトリともいわない空洞のような範子の胸と対照的だった。

範子が呼吸をしていないこと、そして心臓が止まっていることを確かめると、理穂は上体を起こした。見守るように覗き込んでいた女たちに頷くと、女たちの肩が脱力したように下がった。

ふらふらと立ち上がる理穂につられたように三人も立ち上がり、あらためて範子を見下ろした。

「なんだ」

理穂は無意識に呟く。

「みんな、範子のこと嫌いだったんだね」

四人は思わず顔を見合わせ、ふふ、と苦い笑いを漏らした。

「うちだけやと思ってたわ」

由美子が言うと、

「あたしだって自分だけだと思ってたよ。だってみんな、範子を尊敬してるみたいだったから」

と和樹も同調した。

「尊敬ねぇ」麗香が鼻で笑った。「ある意味、尊敬はしてたのかも。だって、いつでも百パーセント正しいんだもん、でも」

麗香が、冷たく吐き捨てる。「だいっきらいだった」

範子が死んだ――

叫び出したくなるほどの高揚感と解放感が、理穂の全身を駆け抜ける。しばらくの間、四人は満足げな笑みを浮かべて、範子の死体を囲んで見下ろしていた。が、そよぐ風に剝ぎとられるように笑みが消えていく。じわじわと、現実感が覆いかぶさってきた。

「どうしよう……わたしたち、殺しちゃった」

理穂が震える声で絞り出すと、由美子も「どないしよう、どないしよう」と涙を浮かべた。

「今さら何言ってんの！」

和樹が一喝する。

「そうよ、何か方法を考えるの。あたしたち、絶対に捕まるわけにはいかないんだから」

気丈な口調だが、体の震えを押さえこむように麗香は両手で自分を抱きしめた。

「この中で、まさか自首したいなんて思ってる子、いないよね？」

和樹が一人一人を見回す。全員が首を横に振るのを確認すると、和樹は頷いた。

「よし。そうとなったら、いかに隠蔽するかよ。大丈夫。四人で協力すればなんとかなる」

「でも……今日うちらがランチ会で範子と一緒にいたこと、お店の人にも見られてんねんで」

由美子が洟《はな》を啜る。

「ランチの後、すぐに別れたの。いい？　範子は一人で車に乗って帰った」

「でも、みんなで車に乗ったところを見られてるかも」

「確かにそうだね」和樹が親指の爪を嚙む。「じゃあ、一緒にドライブに行ったことは隠さなくてもいい。でもみさき山ってことは言っちゃダメ」

「どこをドライブしたことにする？」

「母校に行ったってことは？」

「それがいいね。そうしよう」

「その後は？」

「駅の近くまで送ってもらって、そこで別れた。わたしたちは、そのまま範子が車で帰宅するんだとばかり思っていた。これでいいと思う」

「で、わたしたちは？」

「もちろん電車で帰ったことにするの。そしてその後、それぞれ別行動した。由美子は……そうね、家に帰ったってことにすればいい。特にアリバイはないってこと。主婦なんだし、逆に完璧なアリバイがあったらおかしいもん。あたしはそのまま取材に出たことにする」

「わたしは仕事場にいたことにできるわ。タイムカード、書き換えられるから」

「麗香は？」

「心配ないわ。テレビのディレクターと打ち合わせをしてたことにしてもらうから」

「その人って信用できるの？」

「大丈夫」

きっぱりと言う麗香に、理穂は安心した。

「でもさあ」由美子がまた涙声になる。「うちら四人が口裏を合わせてるって疑われへんかな」

「そりゃあ、心配し出したらキリがないけど……」

「大丈夫だと思う。だってわたしたち、仲良しグループだと周囲からも思われてるはずだし」

「でも……」

なおも不安そうな由美子の顔を見ているうちに、理穂にアイデアが浮かんだ。

「そうだ。わたしがこのグループにいる限り、口裏を合わせてるとは思われないはずよ」

「どういうこと？」

「範子から、卵子提供を受ける話があったの。範子がいなくなれば、わたしは困る。だから範子を殺すはずがない。そしてわたしが一緒にいるグループにも、そんなことを許すはずがない」

「それは使えるね。じゃあ次の問題は」和樹が、死体の脇にしゃがみ込んだ。「死体をどうするかだ」

理穂も足元を見る。動かしようのない現実が横たわっていた。

「ここに放置はできないよね」

「車はどうしようか」

「そうだ」和樹が言った。「死体も車も、崖から落としちゃうの」

「ここから？　すぐバレるよ」

「まさか。さっきの廃道に行くのよ」

ああ、とチェーンで閉ざされた道を思い返す。

「そうね。あの先には崖がある。そこから落とせば見つかりっこない。死体が出なければ殺人にはならない。失踪じゃ、警察だって動かないし」

理穂も頷いた。「そうだね、そうしよう」

「じゃあ……早速、移動させないとね」

和樹の言葉に、全員がごくりと唾をのんだ。範子の手足を一本ずつ、こわごわと持つ。

「いち、に、さん」

和樹の掛け声で持ち上げると、範子の首ががくんと垂れた。関節がぐにゃぐにゃして、気持ちが悪かった。

体を折り曲げてトランクに遺体をしまうと、麗香の運転で廃道に向かう。木と木の間に渡されたチェーンは、もう何年も誰も触れていないらしく、錆びついていた。幸いなことに、錠前などはついていない。指紋が残らないよう、それぞれシャツやスカーフ越しに鎖を持つと、四人で何とか外した。

崖の上、山のてっぺんに到着する。遺体をトランクから出し、運転席に座らせてシートベルトで固定した。こうしていると、まるで居眠りをしているようだ。

「車の指紋はどうする？」

麗香が聞いた。

「――そのままでいいよ」

しばらく考えたのち、和樹が答える。

「駅まで送ってもらったことにするんだし。拭き取られてたら不自然だもん」

「あ、そっか」

「ハンドバッグと携帯は？　持ち去っておく？」

「荷物がなくなってたら怪しまれる。そのままでいい。あくまでも事故という体裁にしないと。ただ携帯の電源は切っておいた方がいいね。この辺りは圏外だから位置情報は検索できないはずだけど、念のため」

「わかった」

理穂は、携帯電話の電源を落とした。どのみち、数日でバッテリー切れとなるだろう。

「じゃあ……いよいよ落とすよ。いい？」

和樹の言葉に、理穂たちは神妙に頷いた。

ギアをドライブに入れてドアを閉め、急いで離れた。冷たくなった範子を乗せたセダンはそのまま前に進んでいくと……まっさかさまに落ちていった。

見届けたあと、歩いて山を下りた。

誰も一言も口をきかなかった。

なぜ範子を殺したのか。

歩きにくいパンプスで土を踏みながら、理穂は自分に問う。もう一人の自分が、きっぱりと答えた。

――Because.

「ノリコが来ていないんだけど」

週明けの月曜日、本校にいる夫から、池袋の分校にいる理穂に電話がかかってきた。午前九時半。範子はいつも九時始業の十分前には着席しており、遅刻などしたことはない。

「有給でも取ってるんじゃない？　総務に聞いてみたら」

「確認したけど有給申請もないし、遅れるという連絡もない。心配だよ」

「単なる遅刻かもしれないじゃない」

「ノリコに限って、そんなことはない。通勤途中で事故に巻き込まれたり、気分が悪くなったのかも」

どうして範子をそんなに信用しているのか。理穂はムッとしかけて、苦笑する。相手はもう、死んでいるのに。

「わかった。わたしからも電話してみるから」

終話ボタンを押し、自問する。今の対応は、自然だっただろうか。

理穂は、範子の携帯にかける。もしも後で警察に調べられた時に、ちゃんと「心配して電話をした」という履歴が残るようにだ。範子が出るはずはないとわかっているのに、脇の下にイヤな汗がにじむ。携帯は、今頃あの山のどこにあるのだろう。もうバッテリーはなくなっただろうか。または落下の衝撃で壊れたかもしれない。コール音が鳴ることもなく、すぐに留守電メッセージが応答した。

すぐに終話ボタンを押して切ったものの、メッセージを残すべきだったのではと悔やむ。まるで、範子が伝言を聞くことがないと知っていたみたいではないか。悩んだ末、もう一度かけ、メッセージを吹き込んだ。それから携帯にメールも送っておいた。送信ボタンを押す頃には、脂汗でブラウスが身体にはりついていた。

それからスタッフとの打ち合わせに入る。給食業者からの値上げの要望、新しい教員の募集など、さまざまな案件について話し合う。何とかこなして副学長室へ戻り、革張りのチェアに倒れ込んだ。普段通りに振る舞うことは、なんと疲れることか。

内線電話が鳴り、ぎくりとする。

「高規さんのご主人からお電話ですが」

受付担当の声に、理穂は身構えた。

いよいよだ。自然に自然にと言い聞かせ、理穂は外線ボタンを押した。

「突然申し訳ございません。初めてお電話させていただきます、高規範子の夫です」

実直そうな男性の声が聞こえた。

「奥様には、いつもお世話になっております」

朗らかな口調とは裏腹に、心臓が早鐘を打っている。

「さっき受付の方にも確認してみたのですが、妻は出社していないのですね？」

「ええ、わたしも心配で、範子さんの携帯にかけてみたんですが」

「そうですか、実は……」夫の声が沈んだ。「土曜日から妻が帰っていないのです」

「まあ、そんな！」

しまった。今のはわざとらしかっただろうか。

「土曜日には、わたしと高校時代の友達とで、ランチをご一緒しました」

「はい。二か月に一度の集まりだと、妻から聞いております」

「毎回場所は変わるんですが、今回は地元の『アルテミス』というレストランでした。範子さん、お車でいらしてて、少しだけドライブに行ったんです」

「ドライブですか？」

意外そうに、範子の夫が聞き直す。

「ええ、せっかくだから母校を見に行ってみようと。あ、でも、近くを通っただけです。その後、わたしたちは範子さんに駅まで送ってもらって、電車で帰りました」

「別れたのは何時頃ですか？」

「四時前くらいだったと思います」

「用事があるとか、どこかへ寄るとか言ってませんでしたか？」

「いいえ、特には」

「そうですか……」夫の声がさらに沈む。

「あの、警察には……失踪のことは知らせたんですか？」

失踪、という言葉を無意識に強く発音してしまう。

「はい、昨日、行方不明者届を出しました。Ｎシステムをご存知でしょうか。ナンバーから車両を追跡する装置で、それで調べてもらったところ、高速を甲府南インターで降りたところまでは確認できたそうです。ですが、それ以降高速に乗った記録はない。つまり、みなさんと別れてからの足取りが摑めていないんです。しかし、そうですか、高校に……」

刑事ドラマなどで聞くＮシステムという言葉に、理穂はぎくりとした。そんなものが使われるのは犯罪者を追跡する時だけだと思っていたが、失踪者の捜索にも使われるのか。

「あの、そのＮシステムっていうのは、どこにでもあるんですか？」

「わたしも警察の方に聞いてみたのですが、設置箇所は防犯上明かせないということで教えてもらえませんでした」

「そうですか。あんな田舎には、きっとないでしょうね」

この時点でＮシステムに引っかかっていないということは、みさき山に行ったことも知られていない。安心して良さそうだ。

「あの……携帯は？」

「ええ、どこかで電源を入れてくれればだいたいの居場所がわかるそうなんですが、それもないようで」

「そうですか……」

安堵感が、どんどん広がってくる。みさき山へ行ったことさえ知られなければ、逃げ切れそうだ。いや、逃げ切らなければならない。

「心配ですね。わたしたちの方でも捜してみます」

「それは本当に助かります。どんな小さなことでも構いませんから、何か情報がありましたら、ご連絡をお願いいたします」

電話口の向こうで、見えもしないのに丁寧に頭を下げている様子が目に浮かぶようだった。会ったことはないが、きっと範子の父親に似たタイプだろうと想像がつく。

「ハニー」

電話を切った時、ジョーイが副学長室に駆け込んできた。わざわざ本校から駆け付けたのか。

「総務から連絡があった。範子は家にも帰っていないんだって？」

「ええ、そうみたいなの。たった今、ご主人からお電話をいただいたところ。どうしたのかしら」

大げさに声を震わせてみた。白々しかっただろうかと後悔しかけた瞬間、目の前に影が落ち、体が温かなものでくるまれた。ジョーイが抱きしめてきたのだった。

「君がさぞ心配してるだろうと思って、本校でのミーティングはキャンセルしてきたよ。ああリホ、可哀想に。僕がついてるから」

ジョーイの胸に顔を押しつけながら、理穂は洟を啜る──振りをする。ジョーイはさらにきつく抱きしめ、髪を撫でてくれた。

「そうだ。ノリコの写真を印刷してチラシを作って、学校のスタッフや保護者に配ろう。本校と分校の周辺オフィスにも置かせてもらえるよう頼んでみる。すぐに手配するから、君はゆっくりしてて。いいね？」

ジョーイは急いで副学長室から出て行った。ドアが閉まったのを確認し、理穂は和樹に電話をかける。仲間の誰かと、少しでも早く話したくてたまらなかった。

「範子のご主人から電話があったの」

コール音が途切れ、和樹の息遣いが聞こえたと同時にまくしたてた。

「行方不明者届を昨日出したんだって。Nシステムで調べてもらったって言ってた！　甲府南インターで高速を降りたことは記録に残ってるみたい」

「理穂、落ち着いてよ」和樹のハスキーな声に遮られる。「そう、Nシステムか。でも、あんな田舎の道にはないんじゃない？」

「でも東京に戻ってはいない、つまりまだ山梨に留まってるってご主人も警察も思うってことだよね？　大捜索されたらどうしよう」

「大丈夫だよ」

和樹が励ますように言った。

「全国に失踪者なんて、何万人もいるんだもん。そこまで調べたりしないって」

「だけど聞き込みとか……」

「幸か不幸か、日本の警察はそこまで暇じゃない」

「ねえ、男性関係で悩んでるとか、相談されてたとか言った方が良かったかも。範子が、自分の意志で失踪したと思わせるために」

「作り話はやめた方が無難。絶対に、どっかでボロが出る。余計なことは一切言わないのが一番だよ」

相手の男はどんな男なのか、どこで出会ったのか、いつ相談をされたのか——詳細を聞かれれば、きっとどこかで齟齬《そご》が生じる。そうだ。和樹は正しい。サイレンス・イズ・ゴールデンだ。

「理穂がそんなにおどおどしてたら余計に怪しいじゃない。頼むからしっかりして」

「そうよね、まだ範子の死体が出たわけじゃな——」

背後に気配を感じて振り向くと、ジョーイが立っていた。思わず携帯電話を落とす。

聞かれた？

死体っていう日本語くらい、ジョーイだって知っているはず。いったい、どの部分から聞かれていたんだろう。

「驚かせたかな、ごめんよ。チラシができたから」

しかしジョーイは普段通り穏やかな様子で、デスクにやって来た。理穂の肩から緊張が抜ける。落とした携帯電話を拾うと、理穂の名を何度も呼ぶ和樹の不安げな声が聞こえてきたが、理穂は「またかけるわ」とだけ言って切った。

「他でもないノリコのためだ、特急で仕上げたよ。これなんだけど、どうかな？」

チラシには範子の顔写真と全身写真、そして名前や年齢などの情報と連絡先がわかりやすく記載されていた。日本語と英語、両方の表記がある。

写真は、範子を雇った時に社内報の新人紹介欄「ニュー・フェイス」に載せるために撮影したものだ。殺した日と同じ、リンドウ色のワンピースを着ている。土と石ころの上に横たわっている範子の姿を思い出し、胸が悪くなった。

「大丈夫かい？」

ジョーイが労《いた》わるように、理穂の背中をさする。

「大丈夫よ」

「コーヒーでも飲む？」

ジョーイは備え付けのマシンからマグカップにコーヒーを注ぐと、理穂に手渡してくれた。

「必ず捜し出そう。ミスター・タカキに、必要なことは何でも協力すると伝えてくれ」

「わかった、どうもありがとう。わたしの友達のために」

理穂がぎこちなく言うと、ジョーイの眉が悲しそうに下がった。

「僕にとっても大切な友人だもの。それにノリコは、もうすぐ僕たちの真のファミリーになるはずだったんだから」

理穂の背筋に寒気が走る。やっぱり範子をこの世から消して正解だった——あらためてそう感じる。

「君はもう家に帰って休むといい。チラシの配布の手配は僕に任せて」

「そうね……お願いするわ」

理穂はふらふらと立ちあがると、バッグを持った。正面ゲートまで、ジョーイが付き添ってくれる。

「大丈夫だよ、リホ」

別れ際に理穂の手を握り、ジョーイは力強く微笑んだ。

「ノリコは必ず、生きて帰ってくる」


範子の夫とは何度か会って話し、定期的に電話もかかってきた。いかにも婿養子というような、大人しそうで真面目な男だった。

話す内容はいつも同じだった。理穂や和樹、由美子や麗香に連絡が来ていないか、新たに思い出したことはないか、当日のランチ会での様子はどうだったか、チラシに反応はあったか。

会話のたびに、疑われているのではという不安で心臓が口から飛び出そうだった。着信画面に範子の夫の名前が表示されると憂鬱になった。

しかし同時に、彼からは警察の動向を聞くことができた。主に、積極的に捜してくれないという愚痴で、理穂は内心ホッとしていた。

半年が過ぎた頃、急に連絡が途絶えた。気が楽になったが、途絶えたら途絶えたで、いよいよ警察が本格捜査に乗り出しているのではないか、自分たちは泳がされているのではないか、などと心配になり眠れなくなった。

ジョーイはそんな理穂を心配し、しきりに「ノリコは必ず見つかるから」と繰り返す。

そんな言葉は余計に理穂をイライラさせるだけなのに。

犯行が発覚する夢、逮捕される夢を何度も見ては飛び起き、暗闇のなか、汗だくの体を震わせる。自分がこういう立場になるまで、自首をする殺人犯の心理が不思議でたまらなかったが、今ならわかる。――精神的に耐えられなくなるのだ。

唯一心が休まるのは、和樹や由美子、麗香と時折集まる時だけだった。互いに状況に変わりがないことを確認するだけの集まりだが、眠れぬ夜を過ごしているのは自分だけではない、三人も仲間がいるのだと心強くなる。

この女たちとは、夫にも言えないような秘密を共有している。夫ともできないような共同作業をやってのけた仲なのだ。離婚によって他人に戻れる夫とは違い、この四人組は何があっても決して離れられない――正真正銘の、運命共同体である。

自分一人だったら、とっくに耐えられなくなり、自首をするか精神に異常を来していたかもしれない。けれども四人は一緒なのだと再確認すると、安らげる。世界で一番愛しているはずの夫よりも、和樹と由美子と麗香には、さらに強い絆を感じるのであった。

何も起こらないまま半年がたち、一年がたち、自分たちに捜査の手など伸びていないことに確信が持てるようになった。夜も眠れるようになり、日中も考えることは少なくなり——二年がたつ頃には、思い出すことはほぼなくなっていた。食欲も笑顔も戻り、仕事も精力的にこなせる。

「あたしたち、今日で会うのを最後にしよう」

ある日、和樹が提案した。

「不安がなくなった今、逆に顔を合わせることで事件を思い出してしまう。これからは、事件そのものを忘れた方がいいと思うの。つまり、これは安全宣言よ」

誰にも異論はなかった。

「そうやね。その通りやわ」

由美子が頷いた。

「会わないこと、そして忘れることこそが平和ってことね」

理穂も納得する。

「会えなくなるのは寂しいけど……そうね、事件からは卒業しましょう」

麗香も言い、満面の笑みを浮かべつつ乾杯をして、別れた。

あれから三年。

こうしてまた四人で集まることになるなんて——

「とにかく、確実に心臓は止まってた。間違いないわ」

黒いコーヒーテーブルの上、カップやグラスの間に置かれた四通の招待状を眺めながら、理穂は自分に言い聞かせるように、強く言った。

「そうだよ、範子は死んでた」

和樹も頷く。

「でもさ」由美子が遠慮がちに言う。「AEDっていう、止まった心臓を動かす機械があるやん？　っていうことは、心臓が停止したからって死んだことにはならへんってことちゃうの？自然にまた動き始める可能性も、ゼロじゃないってことやんね？」

和樹と理穂と麗香の顔から、血の気が引いていく。重苦しい沈黙が流れ、何とか打開を試みるように理穂が口を開いた。

「ねえ、範子の旦那に連絡して探ってみようか。こういう招待状が届いたんだけどって」

「わたし、携帯にかけてみた」和樹が小さく手を挙げた。「でも全然知らない人が出た」

「番号、変えちゃったんや……」

由美子はため息をつく。

「もしも範子が生きていたとしたら……あたしたち、もう終わりだよね」

麗香の言葉に、また三人は言葉を失う。

「みんな、ちょっと落ち着こう」

水で喉を潤す和樹につられて、麗香と理穂も水を飲んだ。口の中が、からからに干上がっている。

「百歩譲って範子本人だとする。でもどうして招待状なんて送ってくるわけ？」

和樹以外の三人が、顔を見合わせる。言われてみればそうだ。

「範子だったら……こんなまどろっこしいことをしないで、すぐに警察に突き出すわよね」

麗香が、テーブルの上の封筒を指で弾く。

「そうよね。何しろ殺人未遂だもの」

理穂は薄紫色の封筒を手に取り、招待状を取り出した。なぜわざわざ呼び出すんだろう。範子が失踪した日――みんなで範子を殺した日に。

うーん、と唸りながら和樹が腕を組み、しばらく考えると、決心したように顔を上げた。

「ねえ、みんなで行ってみようか……みさき山に」

「そうね。何かわかるかもしれない」

理穂が頷き、麗香は身を乗り出す。

「確かに、現場が気になるわね」

「うち、明日やったらパート休める」

「じゃあ決まりね。あたしが車出すから。――あ、そうだ、行きたいと言えば」

和樹が大きなバッグからタブレットを取り出した。

「この後、会場の下見に行かない？　招待状にある会場の住所を調べてみたんだけど、どういう場所かわからないのよ。見て」

和樹はストリートビューの画面をみんなに見せた。白い高い塀に囲まれた敷地が映っている。角度を変えるボタンを押すと、門扉が見える。ツタが絡まり、暗い雰囲気だ。

「敷地の中は見えないの？」

「うん、これで限界だった」

「なんやろ……殺風景で、市役所とか病院とか、そんな感じに見えるね」

「うん。塀は白いけど、緑色のコケみたいなのがついてるし」

「じゃあお会計して、早速行きま――」

伝票を取りかけた理穂の頭に、ひとつの恐ろしい考えが浮かんだ。

「ねえ、もしかしたら……罠なんじゃない？」

「罠？」

帰り支度を始めた女たちが、理穂に視線を集める。

「この招待状を送ることによって、わたしたちの反応をうかがうの。そして怪しい行動を取れば、犯人だと確定できるじゃない」

「怪しい行動って？」

「だから……みさき山へ行ったり、会場の下見に行ったりよ」

あ、と由美子が息を呑んだ。

「なるほど、それはありうるかもしれないわね」

肩にかけたバッグを、和樹はいったん下ろす。

「わたしたちを混乱させたり、こんなふうに集まって情報交換させることが目的ってことなのかも」

「やだ、盗聴でもされてるんじゃないでしょうね」

麗香が不安げに、あたりを見回した。

「安心して。実は、盗聴妨害器を使ってるの」

和樹が、自分のバッグを示す。

「気を悪くしないでね。あたしも最初、もしかしたらこの中の誰かが何かを企んでる可能性もあると思ったから、念のために使わせてもらっただけ」

「妨害器なんてあるんや」

「潜伏中の取材対象をインタビューする時に使うことがあるの。彼らは、誰かに聞かれることを怖がるから。とにかく、万が一誰かが盗聴器を仕掛けていたとしても聞かれてない」

「さすが和樹ね」

理穂は口元に微笑を浮かべると、いつもの冷静さを取り戻して分析を始めた。

「ということは、これを送ったのが誰であれ、決定的な証拠は摑んでないってことになるんじゃない？　だから罠なんて仕掛けなくちゃいけないのよ」

「そういうことになるね。つまり、あたしたちが尻尾を出さない限り、セーフってこと。あたしたちを疑いつつ、証拠を持っていない。うかつな行動さえとらなければ大丈夫」

和樹が念を押すように、理穂、麗香、由美子を順に見た。

「うかつな行動って……うちら、どうすればええん？」

「普通でいい。逆に言えば、無理やりにでもいつも通りの生活を送らなくちゃならない」

「じゃあ、みさき山に行くのは……」

「中止したほうがいいね。会場を下見に行くのも、やめにしよう」

「そうかもしれない」「うん」「賛成」

確かめ合うように言い、頷く。そして四人の視線が、同時に黒いテーブルの上の薄紫色に落ちた。招待状の送付者は、あの日、範子が同じ色のワンピースを着ていたことを知っている。そして、この四人が何をしたのかも――

「問題は……招待に応じるか応じないか、よね」

麗香が呟く。

「無視するのは不自然だわ」

理穂は言った。

「てことは、行くん？」

由美子がか細い声を出した。

「よし」和樹が強いまなざしをして、片手をテーブルの真ん中に置いた。「胸を張ってご招待に応じてやればいい。死体も出てない。何の証拠もない。これは見えざる誰かからの宣戦布告なのよ」

「宣戦布告――そうよね」

麗香が頷き、右手を和樹の手に重ねる。

「でもわたしたちは、それに煽られることはしない。当日は会場へ堂々と乗り込んで、誰がこんなものを送りつけてきたか、しかと見てやろう」

「みんな一緒やったら……怖くないやんね」

由美子も神妙な面持ちで、麗香の手の上に自分の手を乗せた。理穂も覚悟を決め、一番上に手を置く。じっとりと汗ばんだ手のひらに、由美子のカサついた肌を感じる。それはひやりと冷たく、痛いほどの緊張が伝わってきた。

「わかった。じゃあ当日、会場で」

三人の女たちの顔を見据え、理穂は頷いた。

4

いよいよ当日の朝となった。

麗香はドレッサーの前に座り、念入りに化粧を始める。

共犯者たちとティーラウンジで別れてからの五日間、普段通りに仕事をこなし、オフの日は家で過ごした。どこで誰に見られているかわからないと思うと、外出する気にはなれなかった。

――これは見えざる誰かからの宣戦布告なのよ。

和樹の言葉を思い出す。

自分たち四人が尻尾を出さないか、誰かが虎視眈々と狙っているのだ。しかし、証拠などどこにもない。強気でいればいい――

負けるもんか。

麗香はキッと鏡を睨みつけると、真っ赤な口紅を唇に押しつけた。


待ち合わせは、会場の正面入り口だった。

先日和樹がタブレットで見せてくれた通り、白い塀に囲まれた敷地。塀に少々のひび割れや、雨のしみ込んだあとが見られることから、新しいものではないだろう。

門扉には枯れ切ったツタとまだ青々としたツタが複雑に絡まっている。看板も何もない。閉ざされた門扉の脇に、出入口用のドアが開け放たれている。中を覗くと、白い殺風景な建物が見えた。あの中に、この招待状を送った誰かが待っている——

突然肩を叩かれ、飛びあがった。

「やだごめん、驚かせちゃった?」

マタニティ用のアンサンブルを着た理穂が立っていた。

「なんだか……不気味な場所よね」

理穂とともに再び門の中を覗き込んでいると、ローヒールの音を響かせて和樹がやって来た。

「もう来てたの? 早すぎたかと思ってたのに」

「だって何だか落ち着かなくて」

「わたしも」

遠くの角から、由美子らしき姿が現れた。こちらに向かって歩いてくる。

「ごめーん」

麗香たちに気づくと、由美子は小走りに駆けてきた。会場に近づくにつれ、由美子の顔が強張っていく。

「ここか。こうしてみると、大きな所やね」

上がった息の合間に、不安げに呟く。

「じゃ……入ってみよう」

ドアから中に入り、白い建物に近づく。建物は病院や学校のように質素な佇まいで、何の装飾もなかった。正面のドアを開けると、緑色のタイル張りの床が広がっている。玄関ホールなのだろうが、窓もなく電灯も灯っておらず、ドアを閉めると真っ暗になってしまった。四人で、ぎゅっと手を握り合う。少し先から、ごくわずかな光が漏れている。大きな木の扉があるようだった。

「きっと、ここね」

扉にそっと触れ、麗香は唾を飲み込む。理穂が、扉に耳をくっつけた。

「何か聞こえる?」

しばらく耳を澄ましたのち、理穂が首を振った。

「――わからない」

「じゃあ開けるわよ、いい?」

和樹は唇を舐め、重厚な扉の取っ手を握った。三人の女は、息を詰めて見守っている。

和樹の手が、ゆっくりと扉を押した。

暗がりで開き切っていた瞳孔に、急に眩《まばゆ》い光が飛び込んできた。反射的に目をつぶる。

少しして、恐る恐る目を開けた。瞬間、視界の先に薄紫の何かが軽やかに舞った。

あれは――

ワンピース……

「の……りこ……?」

和樹のかすれた息が、麗香の耳にかかる。

殺風景な大部屋に、ひとりの女が麗香たちに背を向けて立っている。リンドウ色のワンピース。おかっぱの髪。

麗香は息を呑んだ。

あの後ろ姿は――

四人は身を寄せ合い、思わず後ずさりした。そのまま扉を閉めて逃げ出そうとした時。

ワンピースの女が、リンドウ色のすそを翻し、体ごとこちらを振り向いた。

「あら」

麗香たちの姿を見つけて、女が顔を輝かせる。

「お待ちしてました」

微笑し、ゆっくりとこちらに近づいてくるその女は――

高規範子その人に、間違いなかった。


初めて範子に会った高一の春、ちょうど麗香は子役から女優への脱皮が成功した頃で、芸能活動に忙しかった。

仕事が最優先だったので、出席日数はギリギリ。それでも足りない分は夏休みと冬休みに補習を受けるという条件で許してもらった。

だから高規範子がグループに参加するようになってからも、他のメンバーに比べれば一緒に過ごす時間は少なかった。地味で、真面目で、品行方正。目が細く、表情もつるりとして乏しく、何を考えているのかわからない。

しばらくはどんな子なのか掴みきれなかったが、理穂が濡れ衣を着せられた盗難事件の真犯人を捜し出すのを目の当たりにして、「ああ、正義感が強くて行動力のある子なんだな」と感動し、それ以来、範子が好きになった。

さらに麗香が感動したのは、欠席しがちな麗香のために、授業のノートを取っておいてくれたことだ。その字はまるで印刷文字のように丁寧で几帳面で、まさに名は体を表す、を地で行っていた。しかも、休み時間や放課後に効率よく授業の要点を教えてくれ、おかげでテストでも赤点をまぬがれた。

女優業と学業を両立できたのは、範子のお陰だ。範子は、誰もが「こういう友達が一人は必要だ」と思うような存在だったのである。

二年生になったとき、連続ドラマの準主役に抜擢された。

「麗香ちゃん、すごいわ！　もうこれで一流の女優さんの仲間入りね」

ステージママである母親は、飛びあがって喜んだ。かつてアイドルを目指していた母は、派手好きで若作りで、麗香をスターに育て上げることだけを楽しみに生きるシングルマザーだった。

連続ドラマ、しかも準主役となるとプレッシャーは大きい。緊張して硬くなっている麗香に、優しく声をかけてくれた共演男性がいた。同い年で、彼もやはり子役出身だった。彼は麗香のように大きな役ではなく、クラスメイトの一人という役どころだったが、いつも朗らかで、麗香を気遣ってくれる。誰にも内緒で、彼と付き合うことになった。母が現場に付き添わない日は、撮影が終わると彼のアパートで過ごした。

連続ドラマは大好評で、麗香を目に留めた映画会社のプロデューサーから、大作映画のヒロイン役のオファーが舞い込んできた。江戸時代を舞台とした歴史もので、麗香は将軍の姫を演じる。

高校生である麗香に合わせて、夏休みに撮影が行われることになった。着物の衣装合わせにかつら合わせ、当時の言葉遣いや所作の勉強など、めまぐるしい日々が始まった。時代劇の撮影所も初めてで、全てが新鮮で刺激的だった。

付き合っていた男性タレントは芽が出ずくすぶったままで、波に乗っている麗香とはスケジュールも感性も合わなくなり、関係は自然消滅した。

忙しく撮影を進めるうち、麗香はふと気がついた。

——生理がこない。

忙しさで周期が狂っているのだとばかり思っていた。しかし妊娠検査薬では、くっきりと陽性。慌てて駆け込んだ病院で、もうすぐ四か月だと告げられた。

麗香に期待をかけている事務所の社長にはとても明かせない。当然、母にも言えるはずがなかった。やっと摑んだキャリアが粉々に砕け、指の間からこぼれ落ちていく。

どうしたらいいの？

誰にも相談なんてできない——

「麗香ちゃん？　どうしてお夕飯食べないの？　何かあった？」

病院から帰ってきた後、麗香は部屋に引きこもり、電気を消して啜り泣いていた。母が心配してしばらくドアをノックしていたが、諦めたのか静かになった。

一睡もできないまま、朝を迎えた。補習日だったので制服に着替え、重い心を奮い立たせて登校する。

補習を受けている間、麗香は上の空だった。教室の窓から、部活に励んでいる校庭の生徒たちを眺める。普段と変わらない彼らが眩しく、自分だけが遠いところまで来てしまったような、孤独な気持ちになった。

帰り際、靴箱の前でのろのろと靴を履き替えていると声をかけられた。

「具合でも悪いの？　顔、真っ青だけど」

範子だった。図書室に本を借りに来たのだと言う。

範子はガラスのドアを背にして立っていて、差し込んでくる陽が逆光になっていた。つるりとした顔は柔和で、後光が差した菩薩のように麗香の目に映る。

「範子……」

麗香は範子の胸に、倒れ込むようにしがみついた。

誰もいない学習室に移動し、妊娠してしまったことを打ち明ける。範子は口を挟まず、真剣な面持ちで、最後まで聞いてくれた。

「産みたくないのであれば、おろすしかないんじゃない？」

範子が静かに言った。自分の中では、ある程度決めていたことではある。けれども範子がそう発言したことが意外で、驚いた。

「……本当に、そう思う？」

「どうして？」

「だって範子って真面目で……中絶なんて反対するっていうか、軽蔑されると思った」

「どうして軽蔑なんてするの？　麗香は、何も間違ったことをしていないじゃない」

「だけど、まだ高校生なのに妊娠なんてしちゃって……」

「相手は同い年、そして未婚だったんでしょう？　だったら別に、法律を犯したわけでもなんでもないもの。堂々と胸を張っていればいいのよ」

何も間違ったことをしていない。

堂々と胸を張っていればいい――

張りつめていた心が、その言葉で一気に緩み、涙が溢れた。

「ありがと……」

西日の差す教室の中、範子の目の前で、麗香は長い間泣いた。互いに足を引っ張り合う厳しい芸能界では、こんな風に自分をさらけ出すことはできない。思い切り感情を吐き出した後、やっと落ち着くことができた。

範子は病院を探してくれ、手術の日には付き添ってくれた。軽蔑も批判もせず、ただ側にいてくれたことが、麗香にとっては嬉しかった。

入院することもなく、一日家で休んだだけで、何事もなかったかのように撮影を続けることができた。ふとした瞬間に罪悪感に悩まされたが、そのたびに範子に泣きつくと、「悪いなんて思う必要はないの。ちゃんと法にのっとったことをしただけなんだから」と言い聞かせてくれた。

その時以来、範子はずっと、麗香の心の支えになってくれた。映画は興行的にも成功し、石森麗香は若き演技派と大絶賛され、その年、新人女優賞をもらうことができた。

これも範子のお陰だ。

範子が支えてくれなければ、今のあたしはなかった――

授賞式でフラッシュを浴びながら、麗香は心の中で手を合わせた。

高校卒業と同時に上京することが決まったものの、地元に残る範子と離れ離れになるのは寂しかった。上京してからもしばらくは手紙のやり取りをしていたが、仕事がどんどん忙しくなり、すっかり疎遠になってしまった。

突っ走っているうちに、あっという間に十五年。その年月の間に麗香のキャリアはピークを迎え、そして過ぎた。演技派、実力派ともてはやされたものの、三十を超える頃には旬を過ぎた感があった。子役スターから落ち目を経験した麗香だ、自分が業界のニーズの中心にいないことを、敏感に察した。

スケジュールに空白が目立ってきた。二連休、三連休もある。寂しさはあったが、今の自分に求められているのは華やかな主役ではなく「中堅女優」としてのポジションなのだと頭を切り替え、小さな仕事でもオファーされれば引き受けて誠実にこなしていった。母は嘆いていたが、麗香自身は、女優として次の段階に入っただけだ、とサバサバしていた。

高校の同窓会の通知が届いたのは、そんな折だ。

往復はがきを手にした途端、懐かしい高校の正門、校舎、教室、校庭の喧騒、そして和樹や由美子、理穂たちの顔が一気に浮かんできた。もちろん一番逢いたいと思ったのが、範子である。

だから同窓会の席で範子の姿を見つけた時は、色々な思い出や感情が押し寄せて、胸がいっぱいになった。

五人でテーブルを囲んでいたら、一気に時間が巻き戻される。同窓会だけでは話し足りず、あらためて東京でランチ会をしようという提案に、麗香は喜んで飛びついた。

早速和樹がセットアップしてくれたランチ会に、麗香は足取りも軽やかに出かけた。

色々な話をした。和樹が取り掛かっている本のこと、理穂の経営する学校のこと、由美子のパート先のこと、範子の専業主婦としての奮闘ぶり——芸能人でも業界人でもない相手との会話は久しぶりで、麗香はずっとはしゃぎっぱなしだった。

「ねえねえ、麗香は恋人おらんのん？」

デザートのケーキをほお張りながら、由美子が聞いた。

「そうよ。ちっとも浮いた噂がないじゃない」

理穂も興味津々の目を麗香に向ける。

「うふふ、残念ながらいないのよ」麗香は肩をすくめた。「わたしの人生って、仕事中心に回ってるから。夜中にも撮影があったり、ロケで何日も家を空けたりするような生活じゃ、なかなかね」

「もったいないよねえ。こんなに美人なのに」

和樹が頬杖をつき、まじまじと麗香を見つめる。

「あはは、いいのよ。結婚に興味ないし」

「子供は？」

この由美子の質問にだけ、ずきん、と胸が痛んだ。が、艶然と微笑む。

「ちーっとも欲しくない。母親役のオファーが来ても断るくらいよ。いつまでもミステリアスな雰囲気を保っていたいの」

高校時代の延長のような会話を楽しみ、二か月に一回ランチを共にすることを約束して別れた。

弾んだ気持ちで自宅のマンションに帰る。鍵を開けると、玄関先に男性物の大きな革靴があった。

「やだ、亮治さん来てたの？」

つい笑顔になって、リビングに行く。台所で、亮治が手際よくアジをさばいていた。

「息子と釣りに行ったら入れ食いでさ。刺身に煮つけ、素揚げ……早めに晩飯にしようよ」

「えー、ランチたくさん食べちゃった。ま、いいか。飲みながらつまませてもらう。でも、息子ちゃんは？」

「釣りが終わったら、さっさと今日発売のゲームを買いに行った」

「寂しいわね」

「まあね。でもいいよ。でないと、ここに寄れないわけだし」

「それもそうね。ご飯炊こうか？」

「いい。アジの炊きこみご飯にするから」

「了解。手を洗ったら手伝うね」

亮治の頰にキスをすると、麗香は洗面所に向かった。鏡の前に、歯ブラシが二本。シェービングクリームに、電動カミソリ。亮治の物だ。

本間亮治は、五年前に麗香が助演した昼ドラのディレクターだった。一流大学を出たエリートのテレビマンではなく、高卒でＡＤを始め、現場から叩き上げてきた苦労人。麗香は腹違いの妹をいじめ抜く姉という役どころで、これまで演じてきた青春ものや恋愛ものとは全く違う憎まれ役だった。亮治の指導は厳しく、いつも怒鳴られてばかり。「女優むいてないよ。やめちまえ」と何度ものしられ、麗香は悔し涙を流した。

しかし亮治の指導に沿って演技をしていくうちに、麗香の内側で何かが解放されていった。撮影が終わっても、「明日はどんな表情で睨んでやろう」「この台詞の後に、きつく舌打ちをしてみたい」など、むくむくとアイデアが湧く。話題になることも少なくなっていた麗香だったが、「石森麗香の新境地」だと雑誌やネットでも話題になるほどだった。

忘年会の席で礼を述べると、「俺は何にもしてないよ。石森麗香の女優魂のなせる業でしょ」と亮治は照れ臭そうに日本酒をあおった。それから昔見たハリウッド映画や尊敬するオリバー・ストーン監督のことなどを、ろれつのあやしい舌で延々と語った。

子供みたい。

麗香は思わず笑ってしまった。

撮影中に怒鳴り散らしている男とは、まるで別人だった。

麗香もオリバー・ストーン監督が好きだったので、話は盛り上がった。亮治は、特にハンサムというわけではない。髪の毛も薄く、不摂生がたたってか完璧なメタボ体形だ。それでも、新しいことに挑戦しようとするクリエイターとしての姿勢に麗香は刺激を受けた。正月休みの間も亮治のことが頭から離れず、惹《ひ》かれ始めていることを自覚した。

言動から一切家庭的なものを感じなかったので、てっきり独身なのかと思っていた。しかし年明けの撮影の時、亮治が「カミさんの実家に顔出したらさ」と誰かに話しているのが聞こえた。

——なんだ、奥さんいるんだ。

膨らみかけていた恋心は、すぐにしぼむ。奥さんと張り合うつもりも、二番目でいいとも思わない。麗香の両親が離婚したのは、父親の不倫のせいである。だから麗香の中で、既婚者との恋愛は絶対のタブーだ。もちろん女優である自分が不倫をし、それが公になれば致命的だという理由もある。

「本間さんの奥さんってどんな人なんですか？」

亮治の心を射止めたのは、どんな女性なのだろう——知りたくなって、本人に聞いた。

「そりゃあ美人だよ」亮治は照れたように頭を掻く。

「もしかして、元女優さん？」

「ううん、ヘアメイクだった」

「お子さんは？」

「小学生と中学生の男子が二人」

「そう。素敵なご家族でしょうね」

「ああ、自慢だよ」

幸せに溢れた笑顔を、亮治は麗香に向けた。

ある日ロケ地に向かうバスの中でプロデューサーと話していると、亮治の妻が八年前にくも膜下出血を発症し、それ以来ずっと昏睡状態にあることを知った。

「波乱万丈なんだよなぁ、本間ちゃんも」

下積み時代から二十年近く亮治と一緒に仕事をしているという彼はため息をついた。

「下の子が生まれてすぐだったもんな。子育てをして、奥さんの病院にも通って……こんな不規則な仕事と両立させてさ。おまけに、奥さんのご両親は高齢なんだけど、仕送りもしてるんだって。ほんと、本間ちゃんはえらいよ」

麗香は、バスの最後列にいる亮治を振り向いて見た。殺気すら感じさせながら、台本と絵コンテに向き合っている。いつもの亮治だ。それなのに、なぜだか手負いの虎のように、手を差し伸べ、支えてあげなければと思うほど頼りなげに見えた。

彼の抱える孤独は、どんなにか大きいだろう。彼の背負う荷は、どんなにか重いだろう。彼の心を照らしてあげたい、重荷を分かち合いたい――

年度末の三月に、番組は最終回を迎えることになっている。撮影自体は二月の半ばにクランクアップだ。その後は、今のようには一緒にいられなくなってしまう。思い切って麗香は、亮治に自分の気持ちを打ち明けた。

「石森麗香ともあろう人が、しがないTVディレクターに近づいちゃダメダメ」

しかし亮治は冗談めかして笑うだけだった。

「そもそも、カミさんと離婚するつもりもないしね。意識がなくたって、一番辛い思いをしてるのはカミさんだと思うし」

「あなたは奥様を支えて、お子さんたちを支えて、彼女のご両親のことも支えている。だけどあなたのことは、いったい誰が支えてくれるの？」

何度受け流されても、麗香は諦めずに彼にぶつかっていった。クランクアップの後、会う予定がなくなっても、頻繁に連絡をしては食事に誘った。少しずつ亮治は心を開いてくれるようになり、一年たった頃、「俺、もういっぺん幸せになってもいいのかな」という言葉とともに、やっと麗香を受け入れてくれた。

亮治は、妻の両親にも麗香のことを話した。

「亮治さんは、これまで充分に尽くしてきてくれた。感謝しかないし、実の息子のように思っています。これからは、ご自分の人生を謳歌して幸せになってほしい」

妻の両親は涙ながらに、挨拶に行った麗香の手を握りしめ、「亮治さんを宜しくお願いします」と頭を下げた。

亮治が海外ロケの時など、麗香は妻を見舞うようになった。花を飾り、手足をマッサージし、洗濯ものを持ち帰る。誕生日には、きれいにメイクをして写真を撮ってあげた。麗香の心遣いに、妻の両親も亮治も喜んでくれた。

世間から見れば奇妙な三角関係かもしれない。もしも部外者だったら、麗香も理解に苦しんだだろう。けれども世間にはいろいろな事情があり、色んな形の愛のあり方がある。

ただ思春期の子供二人は、亮治が寝たきりの母親を見捨てたとショックを受けるだろう。せめて成人するまでは籍は抜かず、麗香の存在も明かさず、亮治はこれまで通り子供たちと一緒に暮らし、全く変わらない生活を送ることに決めた。そのようにひっそりと、麗香と亮治の内縁関係は始まったのだった。

麗香は手を洗ってうがいをすると、刺身を切り終え、煮つけに取り掛かっている亮治の隣に立った。

「じゃあ、あたしはアラ汁でも作ろうか」

ヘアゴムで長い髪をまとめ、エプロンをつける。食べ盛りの息子二人の胃袋をきちんと満足させている亮治は、ささっと美味しいものをたくさん作ることに長けている。そんな彼と並んで料理することは、麗香にとって一番の幸せだった。

亮治は子供たちと暮らし、時間のある時と、長男が次男の面倒をみてくれる時などに、麗香のマンションを訪れる。麗香自身は車を持っていないが、亮治がいつでも車で出入りできるよう、マンションの屋内駐車場を借りた。スモークのかかった車で入庫し、敷地内で乗り降りすれば、亮治が麗香の元に通っていることはほぼバレることはない。いくら事情があるとはいえ、亮治に戸籍上の妻がいる限り、不倫である。マスコミには絶対に漏れないように、細心の注意を払っているのだ。

「石狩鍋を作った時の酒粕、余ってたよね。入れてみる?」

「お、いいねえ。さすが俺の奥さん、センスある」

さらりと亮治の口から出た言葉に、麗香の心はじんわりと温かくなる。

炊き込みご飯にお造り、煮つけ、素揚げ、アラ汁を食卓に並べる。ビールをグラスに注いで、乾杯した。

「うん、煮つけ美味しい!　生姜がきいてますなぁ。あー、もう今日はほんっと幸せだわ」

「ご機嫌だね。なにかいいことあった?」

「高校時代の友達とランチだったの」

「ああ、同窓会で再会したっていう?」

「うん。もう本当に楽しくてね。特にそのうちの一人には、すごく苦しい時に助けてもらったの」

それがどんなたぐいのものなのかは、もちろん麗香は明かさなかった。

「亮治さんもこんなお料理作ってくれるし、本当に本当に、今日は最高の日」

麗香はどんどんビールをあけた。

その日は、会う人会う人をハグしたくなるほど、幸福感に包まれていたのだ――まさか、少しずつ運命の歯車が狂い始めているとは知らずに。


何度目かのランチ会のあとだった。

範子が、麗香のマンション近くにあるスポーツ用品店に寄るというので、一緒に電車に乗った。乗客はほとんどおらず、麗香と範子は座席に座った。

「何かスポーツ始めたの？」

範子が積極的に運動をしていた記憶はないので、意外に思って聞いてみた。

「ううん。娘の。四年生になってクラブ活動が始まったの。バドミントンがしたいって言うから」

「へえ、バドミントン。昔ドラマのために練習したな」

「ああ、『闘え！　ハイスクール』ね」

「それそれ」

さほど大きな役ではなかったのに、範子が覚えていてくれたことが嬉しい。

「でも、範子は幸せだよね」

「どうして？」

「堂々と子供を持って、育てることができて」

「麗香だって、したければできるじゃない」

「子供、欲しいけど……ダメなんだ」

ため息交じりに、麗香は話し始めた。亮治との出会い。そして今の関係。心から幸せで満ちたりている。けれども唯一、望めないのが子供だ。

形式上は不倫で、しかも互いが芸能界にいる——とても子供を望める状況ではない。下の子が成人すれば正式に再婚ができるが、それは十年以上も先だ。その頃には四十代半ばとなっている麗香に、妊娠できるかどうかはあやしい。

業界では誰にも愚痴ることができない。まして、亮治本人にも言えないセンシティブな問題である。中絶の時も非難せず、全てを受け止めてくれた女友達だからこそ、洗いざらい打ち明けることができた。どんな悩みでもさらけ出し、甘えられるのは、麗香にとっては範子だけなのだ。

「あの時は自分の都合で要らないって処分したくせに、今さら欲しいなんて勝手だよね」

自虐的に麗香が言うと、範子は「ううん、そんなことはないよ」と首を振った。

「あの時は、それがベストの選択だったわけだから。麗香に全く罪はない。引きずる必要はないの」

「範子……ありがとう」

やっぱり範子は、全てを受け止めてくれる――

「だけど、不倫は間違ってると思う」

範子はきっぱりと言い切った。

「わかってる。枠から外れた関係ではあるよね。だけどさっきも言ったけど、昏睡状態の奥さんが――」

「関係ない。不倫は不倫でしょう」

「わたしが騙されてるんじゃないかって心配してくれてるの？　それは大丈夫。奥さんのご両親も認めて下さってて――」

「麗香が騙されてるとも思ってない。知っててやってるんだから、麗香だって罪の大きさは同等よ」

きつい物言いに、麗香は思わず隣の範子の顔を見た。範子の表情は、一切変わっていない。

この子、こんなに冷たい子だったっけ……？

「罪だなんて……そんな言い方」

「罪と言っても民法上のことだし、もちろん刑法上の犯罪ではない。けれど、不法行為であることには間違いないわ」

「不法……行為……？」

「もちろん、奥様が訴えを起こさない限り、麗香は罰せられることはない。けれども、だからといって正しいことではないでしょう」

「ちょ……ちょっと待ってよ。どうしてそんな極端なことばかり言うの？　中絶する時には非難しないで、ずっと寄り添ってくれたじゃない。わたし、今回は誰の命を奪ったわけでもないのよ？　それなのに、どうして――」

「だから、昔から何度も言ってるじゃない。中絶は違法じゃないでしょう。罪じゃないのよ」

麗香の背筋に、初めて冷たいものが走った。

そういう基準だったの？　範子のものさしでは、胎児の尊い命が失われようが、合法でありさえすれば関係ないということ？

違法か、違法じゃないか。

正しいか、正しくないか――ただそれだけ。

中絶は罪ではない。麗香は悪いことをしていない。罪悪感を抱く必要はない――これまでに範子がかけてくれた言葉の全ては、麗香への思いやりから生まれた言葉ではなかったのか……。

電車が、地下に入っていく。座席の正面にあるガラス窓が、電源の入っていない液晶画面のようになり、範子の顔を映し出した。照明の加減か、眼がギラつき、吊り上がって見える。ぎくりとして、隣にいる範子を見た。高校時代から変わらない、つるりとした顔がそこにあった。

「で、でも」

気を取り直して、麗香はやっと反論する。

「わたしたち、心から愛し合ってるの。本間さんが奥様と離婚しないのは、そしてわたしが本間さんに離婚を請求しないのは、それが奥様とお子さんにとってベストだと思うから。正しい、正しくないだけでは、割り切れないことなの。本音を言えば、もちろんすぐにでも離婚して一緒になってほしい。だけど待っているの。息子さんたちが受け止められるようになるまで。そして奥様の介護に必要な、経済的基盤のためにも」

窓に映った恐ろしい顔を見ないようにしながら、麗香は一気にまくしたてた。これだけ言えば、範子も理解してくれるだろう。が、範子は首を横に振るだけだった。

「正しい、正しくないだけで割り切れないっていう意味が分からないわ。正しくあること以外に、判断の基準ってあるの？」

ひるみそうになりつつ、麗香はもう一度説明を試みる。

「とにかく、息子さんが大きくなるまでのことだから。わたしと彼の関係は、もう夫婦同然なの。一緒に暮らしてはいないけど、この三年間はマンションの家賃も、生活費も、彼が大黒柱として払ってくれてるし――」

「家賃や生活費を？」

範子の眉が、ぴくりと上がる。

「本間氏と麗香は他人、つまり扶養義務は存在しない。ということは、それは贈与になるわね」

思いがけない単語に、麗香の思考が止まる。しばらくして、やっと「贈与……？」と言葉を絞り出した。

「そう、あかの他人から受領したのだから、つまり贈与税がかかるということ。三年間って言ってたけれど、申告はしていた？」

麗香の呆然とした表情を見て、範子は察したように頷いた。

「なるほど、その様子だとしていないわね。でも遡って申告できるから大丈夫よ」

「待ってよ」麗香は慌てて遮った。「このまま黙っていれば誰にもわからない、明るみに出ないじゃない。何もわざわざ申告しなくたって——」

「あら、明るみに出るわよ」

「どうして？」

「わたしが税務署に告発するから」

にたり、と範子が笑った。

なに……？

何なの、この子……？

麗香は恐る恐る、正面の窓ガラスに視線を移す。照明は範子の顔に不気味な陰影を作り、笑った口が耳まで裂けて見えた。夜叉《やしゃ》のような形相。これまで菩薩《ぼさつ》だと思っていた範子の、別の顔を見たようだった。

「不倫に関しては不法行為ではあるけれど、民法上のこと。それに配偶者である奥様しか追及する権利はない。だけど贈与税を申告しないことは、れっきとした犯罪だから」

心臓を氷の手で捕まれたように、全身が一気に冷えた。亮治との純粋な関係に、汚物をなすりつけられた気分だった。

「贈与金額の合計がわかるようなもの、残ってる？」

何をどう答えていいかわからず、麗香はただ黙ってやりすごす。

「家賃や光熱費は、通帳の引き落とし？　だったら、そこを取っ掛かりとして計算を始めるといいわね。わたしで良かったら、手伝うけど」

「手伝う？　やめてよ、そんなの要らない」

麗香は範子をにらみつけた。

「範子、おかしいよ。どうしてわかってくれないの？　どうしてそんな偏った考え方をするの？」

「偏っている？　どこが？」

範子は不思議そうに、首を傾げる。

「わたしは正しいことをしているだけよ。それなのに、どうして怒るの？　おかしいのは麗香でしょう？」

何も言い返せない。確かに、正しいのは範子なのだ。

だけど、だけど……何か違う。

この子、怖い……

「大丈夫よ、わたしが計算して書類も書いてあげる。正しい道に、ちゃんとわたしが導いてあげる。正義こそ、この世で一番大切なものよ」

範子は目を細め、恍惚としたような笑みを浮かべた。


次の週末、範子が麗香の自宅に来ることになっていた。一緒に申告書類を作るのだ。範子は理穂のアカデミーで働いているので、週末でなければ休めない。

その日までに、麗香は過去のクレジットカードの明細や通帳、レシートを引っ張り出し、文房具屋で買った帳簿に家賃や光熱費などを書き入れていった。一日や二日で終わる作業ではなく、家じゅうに紙が溢れている。

どうしてこんなことをしなくちゃいけないの？

荒々しく電卓を叩きながら、心の中で毒づく。しかし悔しいのは、範子が百パーセント正しいことだ。どちらが間違っているかというと、絶対的に麗香なのである。

インターフォンが鳴り、範子がやってきた。

「忙しいのに、わざわざありがとう」

面倒くさい計算をさせられ、おまけに追加で税金も払わされるのに、なぜ範子に礼を言わなければならないの——理不尽に思いながらも、リビングに通した。

テーブルに座ると範子はさっそく、麗香のつけた帳簿と、通帳などを照らし合わせていく。ピシッと伸びた背筋を眺めながら、麗香は紅茶の用意を始めた。

湯が沸くまでの間、手持ち無沙汰になる。範子と二人きりでいることに耐えきれなくなり、テレビをつけた。

昼のワイドショーで、女性タレントの美容整形疑惑を検証している。小学生時代の写真と現在の写真が画面で比較され、モザイクのかかった「昔の同級生Aさん」とやらが証言していた。

「整形なんて、犯罪じゃないのにね」ボールペンを動かし、電卓を打ちながら、範子が言った。

「堂々と胸を張っていればいいのよ」

「タレントには致命的だもん。こんな証人まで出ちゃって可哀想に」

湯が沸くと、茶葉をティーポットに入れて注ぐ。少し蒸らした後カップに淹れ、テーブルまで運んだ。

「可哀想も何も、別にそもそも悪いことをしていないんだから」

麗香の出した紅茶を受け取り、範子が砂糖とミルクを入れる。

堂々と胸を張っていればいい。

悪いことをしていない。

犯罪じゃない――

それらの台詞には聞き覚えがあった。

ふと麗香は不安を覚える。

「ねえ範子」

「ん？」

「万が一マスコミが、わたしの過去の中絶のことを嗅ぎつけて、範子に聞きに来ることがあったら……範子はどうするつもり？」

「決まってるじゃない」範子はスプーンで紅茶をかきまぜ、微笑む。「ちゃんと事実を話すわ」

やっぱり――

「ねえ、お願いだから、そういうことは話さないで」

麗香は範子の向かいに座り、身を乗り出して両手を合わせた。

「どうして？　本当のことだし、それに、何も罪を犯したわけでもないんだから」

「そういう問題じゃなくて――」麗香はため息をつく。「じゃあせめて、知らないって答えてよ」

「知ってることを知らないだなんて言えない。わたしに嘘をつけって言うの？」

「嘘じゃないわ。方便よ」

「嘘は嘘よ。それ以上でもそれ以下でもない」

範子は淡々と続けた。どうしてこの女は、普通の人間の感情を理解できないのか。まるで人間ではないものに語りかけているようだ。

「でも心配しないでいいわ。誰かに聞かれない限り、言ったりはしない」

確かに範子は、言いふらしたりはしないだろう。ただ、それは裏を返せば、聞かれればいくらでも真実を話すということなのだ。

「亮治とのことも……誰かに聞かれたら答えるわけ？」

「え？」

範子は紅茶を一口啜ってから、再び電卓に向かった。

「だから、もしもマスコミが嗅ぎつけたら……」

「当たり前でしょう。全てを話すわ」

こともなげな返答に、麗香は息を呑む。

「でもわざわざ、わたしからマスコミに暴露したりはしない。不法行為ではあるけれど、それも民法上のことだから」

「よかった。ありがとう」

麗香は皮肉を込めて言い、やっとティーカップを手に取った。温かな感触に、やっと肩の力が抜ける。

「ただ、本間さんの息子さん二人には言うつもりでいるわ」

電卓のディスプレイから数字を書き取りながら、範子が続けた。カップに口をつけようとしていた麗香は、そのままの姿勢で固まる。

「本間さんは、このマンションとご自宅を行き来してるって言ってたわよね。本間さんが自宅に不在の間は、中学生の長男に次男の見守りをさせてるって。真夜中でも、麗香が頼むと来てくれるんでしょう?」

そう。淋しいと言えば必ず駆けつけてくれる。いくら麗香がこの状態を受け入れているとはいえ、一緒に暮らせないのは切ない。息子たちのせいではないとわかってはいても、時にどちらを優先してくれるか試したくなって、つい何度も呼びつけてしまうのだ。

「そうだけど……それが何？」

範子の両目が、きらりと光った――ような気がした。イヤな予感に、神経が逆立つ。

「つまり麗香は、本間さんが未成年のお子さんを監護すべき時間を積極的に妨げていると言える。普通は、不倫の慰謝料請求は配偶者からしかできないけれど、こういう場合は『特段の事情がある』として、お子さんからも麗香に慰謝料を請求できる可能性があるの」

慰謝料？

息子たちから？

「息子さんたちが実際に慰謝料を請求するかどうかはわからない。けれども、そういう権利があるということを、わたしは正しい大人として、教えてあげる義務があると考えてる。もちろん必要とあらば、慰謝料請求の裁判ではわたしも証言台に立つわ」

またあの微笑だ。血の気を失った麗香の唇が、わなわなと震える。

「ひどいよ……範子は、わたしが嫌いなの？」

「どうしていきなり話が飛ぶの。わたしが嫌いなのは、間違ったことだけよ」

範子は心底驚いたように、小さな目を見開いた。

「お願いだからやめてよ。思春期の二人を混乱させたくないからこそ、今まで秘密にしていたのよ。それに、わたしと亮治さんの関係をマスコミに嗅ぎつけられたらどうするのよ」

「どうするも何も」

範子は平板な声で言う。

「モザイクも変声器もなしで、ちゃんとわたしの本名を明かしたうえで、あなたたちの不倫関係を全て話すわ。そうすることが正義でしょう?」

正義という名の夜叉が、どこまでも執拗に追いかけてくる。凶器のような長い爪を振り回し、麗香の心を、人生を、未来を、次々と抉《えぐ》っていく。

完璧な正義は、なんと野蛮で暴力的で、禍々《まがまが》しくあることか。そこには少しの優しさも赦《ゆる》しも入る余地はない。

「本間さんの息子さんが通っているの、W小学校とH中学校って言ってたっけ。頃合いを見て、会いに行ってみるつもり」

淡々と告げる範子を前に、麗香は焦った。

もしも息子たちが不倫のことを知れば、誰かに相談しないとも限らない。そうすれば噂は広まり、マスコミにキャッチされる可能性は大きい。麗香はもちろん、昏睡状態の妻がいながら麗香と関係を持った亮治もバッシングを受けることは避けられない。麗香はこの先に控えている映画やドラマを降板させられるだろう。亮治も仕事を干されるのは決定的だ。このようなスキャンダルを、視聴者もスポンサーも一番嫌う。

このままでは、自分と亮治の人生は破壊し尽くされてしまう。

——何とかしなければ……。

だから五年前のあの日。

麗香がハンドルを握る車の中で、意気揚々と範子が「正義こそ、この世で一番大切なものよ」と恍惚の表情で言った時――

それに弾かれたように、由美子が、理穂が、和樹が必死で範子の息の根を止めようとした時
――

この自分が範子をめがけてアクセルを踏み込み、車でとどめを刺したのだ。

それなのにその女が、今また目の前に立っている――

リンドウ色のワンピースを翻しながら、高規範子が一歩一歩、こちらに近づいてくる。服装といいおかっぱ頭といい最期の日と全く同じで、まるで葬り去ったあの日まで遡ったようだった。

四人の女の頭の中には、同じ疑問が渦巻いている。

どうして？

やっぱり、殺し損ねていたの――？

距離が近づき、顔がはっきりしてくるにつれて、範子であるということはますます疑いようがなかった。

今にも崩れ落ちそうな女たちの様子に気づかないかのように、範子が言った。

「こちらはお荷物をお預かりする部屋なんです。会場は反対側の扉ですよ」

しかし、凍り付いたまま誰も口をきけないでいる。範子は戸惑ったように首を傾げると、

「一緒に行きましょうか」

と女たちの脇を通り過ぎて、扉を開けた。ふたたび薄暗い玄関ホールに出る。誘導されるまま、女たちはふらふらと範子についていく。ホールを横切ると、確かにもうひとつ扉があった。

「さあ、どうぞ」

範子が、両手で扉を押し開く。

と、穏やかなクラシック音楽が聞こえてきた。だだっぴろい広間。そこに、何人もの男女が集まっていた。みな一様に、飲み物の入ったグラスを片手に談笑している。

——何なのこれ？

麗香は混乱したように、会場を見渡した。外観からは想像もつかないような、瀟洒《しょうしゃ》な部屋。天井が高く、壁も床も白で統一されている。クロスのかかった丸いテーブルがいくつかあり、その間を黒い制服姿のウェイターたちが、飲み物やオードブルの載せられた盆を持って歩いていた。客人らしき人々は、思い思いの席に着き、オードブルをつまみながらグラスを傾けている。

——招待されたのは、わたしたちだけじゃなかったの？

呆然と立ち尽くす麗香の隣で、理穂も由美子も、目を見開いたまま硬直している。

「お好きな席へおかけください」

範子の声かけにも、四人は反応しない。困ったように、範子が眉を寄せた。

「あの……先ほどから一体どうなさったんですか？」

その丁寧な口調に、麗香はハッとした。そして改めて範子の顔、そして全身を眺める。

昔と変わらない範子。

そう、五年前ではなく、さらに昔——目の前に立っているのは、高校時代の範子だ。

「あなた、もしかして」理穂が口を開いた。「律子ちゃん？」

その名前に弾かれたように、和樹も由美子も麗香もワンピースの女性を見た。

そう。

範子じゃない。

範子の一人娘、律子——

「そうです……けど？」

当然だと言わんばかりに、律子は頷いた。

「やだ、律子ちゃんだったの」

ホッとしたような、しかしまだ怯えたような声が、麗香の喉から出る。

「そうか。あの時律子ちゃんは小学生やったけど、今はもう——」

由美子の言葉に、律子は微笑んだ。

「はい。中三、受験生です」

「じゃあ、この招待状って……律子ちゃんが？」

和樹がバッグから招待状を出して見せる。

「はい。母の遺志で」

「範子の……？」

「そうです」

和樹、由美子、理穂、麗香はそっと互いに視線を交わした。

「ってことは、範子は……？」

由美子が、恐る恐る聞く。

「亡くなっています。ご存じでしょう？」

「え？　いや、でも、その……行方不明だったんじゃ……？」

麗香の言葉が終わらないうちに、律子の背後から男性が現れた。地味な灰色のスーツを着て眼鏡をかけた、冴えない中年の男だ。

「大変ご無沙汰しております」

薄くなった髪が汗で張りついた額をハンカチで拭きながら、男は言った。

「ご多忙のところ、今日はわざわざお越しくださいまして本当に有難うございます。妻も喜んでいると思います」

女たちは、記憶を探る。範子の夫だ。失踪してから何度か話を聞きに来たが、そういえばこんな男だった。

「お席は自由ですから、どこでもどうぞ。お料理が始まるまでは、オードブルでもつまんでいただければ」

夫が会場を示し、中に入るように促す。

「お飲み物をお持ちしましょうか。律子、お前も一緒に――」

娘とともにワインを運ぶウェイターの方へ向かいかけた夫を、「あの」と和樹が呼び止める。

「範子は……行方不明だったんじゃないんですか？」

和樹の思い切った質問に、夫が不思議そうに答える。

「遺体が発見されたんですよ。ご存じなかったんですか？」

女たちは、ぎょっとして目を見開いた。

「ニュースでも取り上げられましたし、妻の親しかった方々には全員にお知らせしたはずです」

まさか、そんな。

範子を葬り去って以来、ニュースには敏感になっていた。招待状が届いてからも、ちゃんと調べたのだ。山梨県、山中、女性、というキーワードは、長い間ずっとこの四人の頭の中にあった。けれどもニュースには出なかったし、検索にも引っかかっていない。

「遺体が見つかってから、僕は色々な手続きに忙しかったので、みなさまへのお知らせは娘が引き受けてくれまして。なあ律子、この方たちには、真っ先にご連絡を差し上げてくれただろう？」

「いやだ、お父さん」律子が首を振った。「捜索にも協力してくださった特別な方々だから、自分で連絡したいって言ったじゃない。だからわたし、てっきり――」

律子が呆れたように、父親を見上げる。その横顔は、ますます範子にそっくりだった。

「大変失礼いたしました。どうやら当方で手違いがあったようです」

夫が汗を拭き、申し訳なさそうに頭を下げた。

二人の会話を聞きながらも、麗香は気が気ではない。遺体が見つかっただなんて――

「でもあの、発見って、どちらで……」

「神奈川です」

夫の答えに、和樹が聞き直す。

「――神奈川県？」

「はい」

夫と娘に気取《けど》られないように、四人はそっと不可解な視線を交わした。

「白峰ハイキングコースという場所、ご存じですか？」

四人は同時に首を振る。死体が、他県まで移動していた――？

「ハイキングコース付近の山中で、妻は見つかりました。発見場所からかなり離れたところに、大破した妻の車がありまして。ハイキングコースのずっと上に車道があるんですが、恐らく妻は運転を誤って、車ごとそこから落ちたのだろうということです。火事にもならなかったから、誰にも気づかれなかったのでしょう。そしてこの五年の間に、雨などで土砂が崩れて、少しずつ遺体だけがコースの方に流されてきた。それを整備の人が発見してくださったんです」

麗香たちが範子を殺し、遺棄したのは山梨県だ。みさき山は県境にあったのか。そして長い年月をかけて、神奈川県側に流されていったというのか。他県のニュースだから、注意もしていなかった。和樹が身元不明死体を調べた時も、山梨県警のホームページで調べていた。だから出てこなかった——

「じゃあ……範子は事故で？」

「ええ。もう五年もたっているので捜査にも限りはありましたが、状況から警察はそう見ています。妻は山道など慣れていませんでしたので」

麗香の足から、ドッと力が抜けていく。範子の死は、自分たちが知らない間に、とっくに事故として処理されていたのだ——

「あ、あの、でも」由美子がおずおずと聞く。「車の事故だっておっしゃいましたけど、どうして車だけが離れたところに……」

余計なことを聞くなと咎めるような視線を和樹が向け、由美子は慌てて語尾を濁す。が、聞かれ慣れているのか、夫はていねいに説明を始めた。

車の破損具合などから、車は木にぶつかりながら落下し、しばらく途中でひっかかっていたと推測される。おそらく即死だったであろう範子はシートベルトをしていたので投げ出されなかったが、死後変化が進むうちにベルトをすり抜け、割れたフロントグラスから落ちたのだろう、ということだった。

「辛いことをお聞きしてしまってすみません」

由美子が小さな声で詫びると、

「いえいえ、とんでもありません。それよりも」

と夫が申し訳なさそうに目をしばたたかせ、再び額の汗をぬぐった。

「我々から連絡が行っていなかったのだとすると……今回いきなり招待状が届いて、さぞかし驚いたのではありませんか？」

「ええ、まあ……」

女たちが曖昧に頷くと、律子は深々と頭を下げた。

「こちらの手違いで、本当にすみませんでした」

「あの、それで……この会はいったい？」

麗香は、改めて会場を見回してみる。

『思い出の会』です。妻は毎年、遺書を更新していたのですが、そこに書いてありました。葬儀はしないでほしい。その代わり、楽しいパーティを開いてほしいと」

『思い出の会』……」

理穂が呟く。

「そうです。泣きながらではなく、笑って思い出を語らって欲しいと。美味しいワインと食事を楽しみながら」

あの意味深にみえた文面は、そういうことだったのか……

「この会場は？」

「勤め先の互助会の施設です。ご覧の通り古いんですが、会議や集会に利用できるようになってまして」

公務員の施設。だから調べても出てこなかったのか。

「あの、おばさま……大丈夫ですか？」

律子が心配そうに、麗香たちの顔を覗き込む。たった今、初めて範子の死を知らされて衝撃を受けているると思ったのだろう。

「え、ええ。本当に残念だわ」

麗香は悲痛な表情を取り繕った。ドラマでさんざん演じてきたのだ。お手の物だった。

「ご主人と律子さんがこんなに気丈に振る舞っていらっしゃるのに、わたしたちが泣いてはいけないわね」

理穂が、二人に向かって慈しむように微笑む。

「妻の遺体が見つかったことはショックではありましたが、これで心の区切りがつきました」

夫がハンカチで目頭を押さえると、律子も目を潤ませた。

「気持ちのどこかでずっと覚悟はしていたけれど……でも、これから父と二人、しっかり前を向いて生きていきます。どうかこれからも、よろしくお願いいたします」

深々と律子が頭を下げた。中学生とは思えないほど、しっかりしている。さすが範子の娘だ。

「そういうわけで、今日は涙は不要です。妻の遺志を尊重して、どうか楽しく過ごしてくださ い」

夫と律子が、会釈をして去って行く。二人の姿が充分遠のき、他の客人と話し始めたのを確認してから、四人は顔を見合わせた。

「楽しく過ごす、ですって」

どうしても上がってしまう口角を必死に抑えようとしながら、理穂が言った。

「そうね。是非、範子の遺志のままに」

「存分に、楽しませてもらうとしよう」

共犯者たちは余裕たっぷりの笑みを浮かべると、足取りも軽やかにテーブルへと向かった。


「うわあ、ローストビーフ。豪華」

「オマール海老も」

客人が全員揃ったところで、コース料理が運ばれ始めた。四人ははしゃぎながら、忙しく口を動かす。ワインやカクテルなど、どんどんウェイターに持って来てもらった。

「あーあ、今日だけは妊婦であることが残念」

ウーロン茶を片手に口を尖らせる理穂を、みんなで笑う。

他のテーブルから漏れ聞こえてくる会話から、出席者は範子の親戚、大学時代の同級生、範子の夫の上司や同僚などであることが察せられた。範子の希望に沿おうとしてか、それともさほど悲しみを感じていないからなのか、みんな笑顔で食事を楽しんでいる。朗らかな笑い声が、あちこちから聞こえてきた。

「それにしても、まさか、こういうことだったなんてね」

言いながら、和樹が豪快に肉にかぶりつく。

「ほんまやね。想像できんかった」

ほんのりと頬を染め、由美子はワインをあおった。

「最高の気分。あんなにビクビクしてたのが馬鹿らしいわ」

麗香が妖艶に髪をかきあげ、

「信じられる？　わたしたち、あの範子を出し抜いたのよ」

理穂は愉快そうに笑った。

そう。

最後の最後で、自分たちは範子から逃げ切ったのだ。あの正義の権化《ごんげ》だった高規範子を、完全犯罪で葬りさった。さすがの範子も、死んでしまってはこの罪を暴けまい。

四人はいま一度、叫び出しそうなほどの歓喜に包まれながら、そっと微笑を交わした。

今度こそ、わたしたちは自由なのだ。

「ねえ、この後どっか行こうよ。改めて祝杯をあげない？」

「そうやね、さすがにここでは乾杯でけへんし」

たらふく食べて飲んだ後、フルーツやケーキなどが出てきたので、「別腹、別腹」と笑いながら、さらに詰め込んだ。

「はー、食べた食べた」

由美子がコーヒーを飲みながら腹をさする。

「ちょっと、もう締めに入ってんの？　食後酒、付き合いなさいよ」

和樹がウェイターを呼び止め、デザートワインを注文した。理穂以外の三人はすでにかなり酔っぱらっていたが、甘さを凝縮したワインはまた格別だった。

「やだ、まだまだ飲めちゃいそう」

麗香が勢いよくグラスを空けた時、ちょうど会場の前方に律子がマイクを持って立つところだった。

「みなさま、本日は母のためにお集まりいただきまして、本当に有難うございました」

律子の声がハウリングしながら響く。談笑がやんだ。

「こうしてみなさまにたくさん思い出話をしていただけて、母も天国で喜んでいると思います」

律子はそこで声を詰まらせると、何度か深呼吸した。そして涙をぬぐい、再びマイクに向かう。

「実は母は、最期にわたしたちに置き土産をしていってくれました」

「へえ、置き土産だって」

「何かしらね」

和樹と理穂が首を傾げる。

「どっかに全財産を寄付するとかかな？」

由美子が言った。

なるほど寄付ねえ、とかなり酔いの回った頭で麗香はぼんやり思う。

「母は非常に正義感が強く、カメラやビデオカメラを常に持ち歩いていました。事故や事件に遭遇したら、すぐに記録できるようにです」

そう。範子がそういう子だったことを、自分たちは一番よく知っている。

その性格によって、さんざん苦しめられたのだから。

「そんな母ですから、車にも、当時はまだ珍しかったドライブレコーダーをつけていました」

今、なんて言ったんだろう？　視線を動かすたびに残像が尾を引くほどの酔いの中、麗香は水に口をつけた。

「三か月前に母の車が発見された時、レコーダーは見つかりませんでした。わざわざ海外から取り寄せたルームミラー型で、ルームミラーの上に被せる一般的なタイプではなく、純正ミラーを外して取り替えるものです。だから簡単には取れないのですが、車が落下した際、太い枝がフロントグラスを突き破り、ミラーごともぎ取られたのだろうということでした。ですがわたしと父は諦めきれなくて、事故死と断定されて捜査が終わった後も、自分たちで捜し続けました」

やっと律子が言わんとしていることが理解でき、麗香はハッと和樹を見た。和樹の頬も強張り、色を失っている。由美子と理穂はスピーチを聞いておらず、まだ皿に残っていたティラミスを呑気に分け合っていた。

ミラー型のレコーダーをつけていたなんて。ハンドルを握っていたのはこの自分なのに、全く気付かなかった。配線でも出ていれば明らかだったろうが、何でも徹底する範子のことだ、電源はシガーソケットから取るのではなく、内部ヒューズに直接繋いでいたに違いない。

「そうしてつい先日、かなり離れた場所からレコーダーが奇跡的に見つかりました。防水防塵仕様だったとはいえ五年間も野ざらしです、ＳＤカードも傷んでしまっていました。けれども中のメモリーチップは無事で、データを復元できたのです」

律子が、心から嬉しそうに顔を輝かせる。

「母のドライブレコーダーは当時でも最新式で、車内と車外を同時に録画できるタイプのものでした。つまり母が最期に見たものが、これには映っているということです」

由美子と理穂が、録画という言葉を耳に捉えたのか、デザートをほお張ったまま律子を見た。律子の背後に、白いスクリーンがするすると下りてくる。

「この映像は、わたしも父もまだ見ておりません。ここに今日お集まりの大切な皆様と共に、リアルタイムで分かち合いたいと思ったからです。『思い出の会』にふさわしい余興になることでしょう」

由美子と理穂の顔が、みるみる白くなっていく。四人の女たちは、爪で弾かれただけでも砕け散りそうなほど、凍りついていた。

「……どうしよう」

過呼吸を起こしかけ、麗香は喘ぐ。

「今すぐ止めないと」

和樹が立ちあがった時、会場内の照明がいっせいに消えて完全な暗闇となった。

一筋の真っ白い光が、まっすぐに闇を切り裂く。それはまるで、死してなお悪を糾弾しようとする範子の強いまなざしのようだった。

前方のスクリーンが照らされる。

ハンドルを握る範子、助手席に座る麗香、後部座席に座る由美子、理穂、そして和樹の姿が、鮮明に映し出された。

エピローグ

面会室は殺風景で狭く、窓もなく、中央に透明のアクリルの板がはまっているだけの小さな部屋だった。季節はめぐって春になり、桜に彩られた町は鮮やかで美しいが、拘置所にいては四季も感じられないだろう。

高規律子はパイプ椅子に座り、待っていた。しばらくするとアクリル板の向こうのドアが開いて、看守と共に今村和樹が入ってくる。顔色は悪く、目は落ちくぼみ、やつれていた。高校時代からの、母の友達。母を殺した四人のうちの、ひとり。

和樹は律子の姿を認めると、深々と頭を下げた。

「本当に、お母様のことはなんとお詫びしたらいいか……」

公判中に被害者遺族との面会が許されることは、異例だそうだ。しかし女たちが謝罪をしたがっていると弁護士を通じて申し出があり、律子はそれを受け入れた。別々の拘置所に収容されている女たちを順番に面会して回り、和樹で最後だった。

和樹は顔を上げると、パイプ椅子に座った。公判が始まってから、もう四か月。こうして向かい合って話すのは、『思い出の会』以来だ。

ＳＤカードに記録されていた真実。四人の女たちが母を殺《あや》めた生々しい映像。出席者の悲鳴、動揺。警察が駆けつけた時の重々しい雰囲気――全てがまるで昨日のことのように思い出された。

「謝罪を受け入れていただくことは期待していません。とにかくわたしたちはできるかぎりの償いを――」

和樹の言葉に、クッと律子の喉の奥が鳴る。笑いを必死でこらえたのだ。和樹が怪訝な顔をして、アクリル板越しに律子の顔を覗き込む。

謝罪。償い。

本当は、そんなもの必要ない。

律子は、女たちに心から感謝しているのだから。

この世の中で、この女たちの気持ちを心から理解できるのは、きっと自分をおいて他にはいない。

陳述書のなかで、和樹は母のことを「正義のサイボーグ」と、由美子は「正義のモンスター」と、理穂は「正義のヌーディスト」と、そして麗香は「正義の夜叉」と表現していた。

それを聞いた時、律子は雷に打たれたような衝撃を受けたのだ。

ああ、母の完璧な正しさに窒息しそうになっていたのは、自分だけではなかったのだ、と。

女たちは時々会うだけで済んでいた。けれども律子は、二十四時間一緒なのだ。しかも、生まれた時から、ずっと。それがどれほどの苦痛であるか――この女たちには誰よりも共感し、同情してもらえるだろう。

律子は私学の小学校に通っていたが、生徒手帳通りの面白みもない髪形を押しつけられ、通学鞄にマスコットのキーホルダーすら許してもらえなかった。登校前に毎朝、床からスカートの裾までの長さを測られ、帰宅すれば教科書に無用な落書きなどしていないか、勉強に関係のない物が鞄の中や制服のポケットに入っていないかをチェックされた。

自分の名前もイヤだった——高規律子だなんて。

母が理穂の仕事を手伝うようになった時、大喜びした。母が帰宅するまでは、自由に過ごせると。

けれども、すぐに自由など存在しないことを思い知る。母は家の中にモニターをつけて監視していたからだ。寄り道をせずに時間通りに帰宅しているか、宿題をしているか……別の場所にいるはずの母の視線を、律子はずっと窮屈に感じていた。

律子だって、学校の帰りに友達と寄り道をしたかった。買い食いをしてみたかった。アイドルのコンサートにも行ってみたかった。可愛らしい髪形にしてみたかった。

けれども、そんな願いは叶うはずもないのだった。

——母がいなくなればいいのに。

そう願ってしまうのは、自然な流れだっただろう。そして目の前にいるこの女が、そして他の三人が、その願いを叶えてくれたのだ。

「あ、すみません……」律子は涙を拭うふりをする。「母のことを思い出してしまって」

律子の言葉に、和樹は申し訳なさそうに目を伏せた。看守さえいなければ——律子はアクリル板に張りついて、とめどなく感謝を述べたいくらいなのに。わたしの思い通りに動いてくれてありがとう、と。

完璧だった母。清く正しくて、間違ったことが大嫌い。いつからだったのだろう。母の正義を恐ろしいと、律子が感じ始めたのは。

そう、あれは確か、小学三年生の時だ。近所のスーパーで、同級生の男の子が、菓子パンを盗んだ。その子は生活保護世帯で、弟が三人いた。いつもお腹を空かせていて、一か月のメニューを全て暗記してしまうほど給食を楽しみにしている。それでも黄な粉パンが出ると「末っ子の弟が好きだから」と自分は我慢して持って帰ってあげる。お兄ちゃんらしい、優しい子だった。

菓子パンを盗んだのは、よっぽどの空腹だったんだろう。しかし運の悪いことに、母がたまたま見ていたのだ。母は彼を取り押さえ、その場で携帯電話から一一〇番した。突然のことに一緒にいた律子はわけがわからず、呆然としていた。その子は泣きだしそうな顔で、律子を見た。

「お母さん、やめて！」

律子は必死に止めた。しかし母は通報し終わると、男の子の腕を摑んだまま、「この子は窃盗の現行犯、そして逃走しようとしたのよ。私人逮捕の対象だわ」と答えた。その目はらんらんとし、喜びに満ちた微笑を浮かべていた。

窃盗の現行犯。

娘の同級生、しかもまだ九歳の男の子を捕まえて、そんな風に呼ぶなんて。

男の子は母の手から逃れようと身をよじり、目に涙を浮かべていた。

「お母さん、手を離してよ」

「だめよ、まだ逃走する可能性があるもの」

「でも痛がってる」

「このくらいの強さで腕を摑むのは、『社会通念上、逮捕のために必要かつ相当であると認められる限度内の実力行使』の範囲だわ」

律子が愕然としているうちに、騒ぎに気がついた店長がやって来る。狭い街だ。店長も、この男の子のこと、そして家庭の事情も知っている。

店長は一目見て状況を察すると、機転を利かせて「この子からは、もうお金をもらっています」と母に告げた。

母は「そうですか」と言い、男の子の腕を離した。その顔からは、微笑は消えていた。

「律子、行きましょう」

何事もなかったかのように、母は律子を連れてスーパーを出た。

そっと振り返ると、男の子がしゃくりあげているのと、店長が「うん、うん、腹が減ってたんだよな。でも、もうこんなことしちゃダメだよ」と優しく頭を撫でているのが目に入った。

その時、子供心に律子は悲しかった。

どうして母は、「勝手に盗ってはいけないのよ。今回はおばちゃんがお金を払ってあげるから、もうしないって約束してね」と温かく接することができないのか。律子と同い年の男の子に対して、どうして私人逮捕をし、躊躇なく警察を呼んだりできるのか。どうして冷たく「窃盗犯」呼ばわりできるのか。どうして穏便に対応しようという配慮がないのか。

「ねえお母さん」つい責めるような口調になる。「あの子を可哀想だと思わないの？」

「思わないわ」

母の平板な声が返ってくる。

「でも、ひどい」

「そうかしら」

「あの子、優しい子なんだよ。すごいお腹が空いて、どうしようもなかったんだと思う。お母さんだって、もしもわたしが同じような状況でパンを盗んじゃって、それで誰かにいきなり警察に通報されたらショックでしょう？　悲しいでしょう？」

「もしも律子が間違ったことをしたなら、罰せられるべきだわ」

母の冷静な口調に、無性に腹が立った。こんなこと言っているけど、わたしのこととなったら絶対に必死で庇うくせに――

翌日、再び母とスーパーへ行き、律子はわざと、母から隠れるように、けれどもちゃんと気づかれるように計算しながら、パンを持ってそうっと出口へ向かった。レジの女性が律子の姿に気づいて、あっと声をあげた。

さあ、母はどうするか。大慌てで追いかけてきて、平謝りをして、お金を払うから見逃してくれと頼むに違いない。

台で袋詰めをしている主婦たちの間に立ち、内心にんまりしながら、律子はそっと振り向いてみた。が、すぐに驚いて息を呑む。

母は、携帯電話を耳に当てていた。うっすらと口元に微笑さえ浮かべながら。

律子は慌てて母の元に戻り、泣きながらパンを差し出した。

「よかったわ、娘が犯罪者にならなくて」

母はにっこりと笑って、パンを棚に戻した。

律子は怖くなった。

母は、正しいけれど、優しくない。

この人には愛情なんてないんだ。この人が愛しているのは、正義だけ。この人には、人間らしい感情が欠けている。

それ以降も、同じようなことがたくさん起こった。律子はどんどん母を嫌いになり、耐えられなくなっていった。母がいたら、きっと一生、完璧な正義にがんじがらめにされる——母から逃げることばかりを考えるようになった。どうすれば発覚することなく母を葬り去ることができるか。

海に誘って溺れさせようとしたが、母は泳ぎが上手で失敗した。マンションのベランダで洗濯物を干している時に後ろから押そうとも思ったが、コンクリートの壁が高いので諦めた。小学生なりに色々な方法を模索したものの、やはりどれも現実的ではない。だから宝くじでも買うような気持ちで、偶然に期待することにした。台風の日に、わざと用水路に何かを落として母に拾ってもらう。脚立の天板に油を塗っておく。母が山梨へランチをしに行くと言った日、「みさき山で、野生のリンドウの写真を撮ってきて。絵の宿題で描きたいから」と頼んだのも、その一環だった。運転が得意でない母が、慣れない山道で事故を起こすというわずかな可能性に賭けて。

そして母は、本当に帰ってこなかった。

夢のようだった。

悲しんでいる振りをしながら、ずっと夢見ていた自由な生活を謳歌した。校則にも、校則よりも厳しい母にも縛られることがない。中学に上がると、学校帰りに友達とクレープを食べたり週末には遊園地に行ったりと、ごく普通の青春を送ることができた。

神様からのプレゼントだと思った。母がみさき山で事故に遭ったことは想像がついたけれど、誰にも言わなかった。もう二度と母の正義に苦しめられないことが、とにかく嬉しかったのだ。

母の遺体が発見されたと警察から連絡が来て、捜査の結果事故死と判断された時は、やはりそうだったのかと納得した。しかしどのような最期だったのか興味があり、律子は必死にレコーダーを捜したのだった。録画を観た時——もちろん律子は、見つけてすぐに録画内容を確かめていた——には、驚愕した。母は事故で亡くなったのではなかった。友人であるはずの四人の女たちの手によって、葬られていたのだ。

ああ、きっとこの女たちも、律子と同じように苦しめられたに違いない。

この女たちが殺してくれなければ、きっといつか自分が手を下していた。自分の代わりに実行してくれただけだ。

だから感謝しこそすれ、少しも女たちを恨んでなどいない。それは偽りのない本心だ。

それなのに——

律子は、アクリル板の向こうの、やつれ切った和樹をつくづく見つめた。

どうしてなのだろう。こうして裁かれている姿を見ると、心がすがすがしくなるのは。

律子は母を排除した。けれども誰にも咎められることはない。罪悪感もない。それは律子が、何ひとつ罪を犯していないからだ。

正しければ、どんなことをしても良い。

正しければ、全てが許される。

正しいことは、万能なのだ。

いっぽう、女たちはどうだ。殺人のぶざまな証拠を残しておきながら、そうとも知らず、逃げ切れたと信じて暮らしていた。汚点ひとつない律子とは正反対のところにいたのだ。

そんなことが許されていいのだろうか。安心しきっている女たちの目の前に、この証拠を突きつけてやりたい。罪からは決して逃れられないことを思い知らせてやりたい。暴いてやりたい。罰してやりたい——

律子の中に、そんな想いが芽生えた。そしてそれはどんどん膨らみ、抑えきれなくなった。どうしようもない欲求だった。

どうすれば、この証拠を最大限に活用できるか。警察に渡してしまうだけではもったいない。

思い切り、女たちの罪を暴きたててやりたい。徹底的に逃げ場を失くし、信用も地位も失わせ、服役して刑法上の罪を償った後でも、生きている限り社会的に裁かれるようにしてやりたい。

だから『思い出の会』は絶好の機会だった。女たちにだけあえて思わせぶりな招待状を送り、震え上がらせ、大勢の人間の前に映像を晒して公開処刑することにしたのだった。

そして今。

アクリル板を境に、正義と悪が隔てられ、悪が打ちひしがれているのを目にして——律子は味わったことのない歓喜に満たされている。

正義は素晴らしい。

正義こそ、全て。

きっと母はいつも、正しいことを行うことで、達成感、万能感を味わっていたのだ。

その時、律子はふと思いついた。祖母も、母に対して非常に厳しかったと聞いている　門限を破った当時中学生の母を捜しに夜中に出かけたところを、祖母は飲酒運転の車にはねられたらしい。もしかしたら……母も律子と同じように、罪を犯さない方法で祖母を排除したのではないか？　そしてそのことをきっかけに、正義に目覚めたのではないだろうか？

だとしたら母も、いつか娘に排除されるという可能性を考えていたかもしれない。しかし、その方法が法を犯すものでさえなければ、わたしに葬り去られても良いと思っていたのではないか——

考え過ぎだろうか？　それとも……

律子は、無意識のうちに微笑んでいた。目の前の和樹が怪訝な表情を浮かべる。

「律子ちゃん……？」

抑えようと思っても、つい口元がほころんでしまう。母の、あの微笑の意味が、今ならわかる——母は、正義に耽《ふけ》っていたのだ。

人間というものは正義によって誰かを断罪すると、脳の快楽をつかさどる部位が活性化し、麻薬を摂取した時と似たような快感を得られるらしい。母の場合、その傾向が通常の人の何倍も強かったのではないか。そしてそれが、きっと律子にも受け継がれているのだ。

和樹はしばらくわけがわからないというように律子の笑顔を眺めていたが、やがて何かに思い至ったようにハッとした。

「律子ちゃん、もしかして……」和樹の声が、少しうわずっている。「もしかしてあなた……範子がいなくなって喜んでいるの？」

律子は答えず、ただ黙って和樹を見つめ返した。

「ねえ、律子ちゃんも被害者だったんじゃない？　そうなんでしょ？　だったらわたしたちの気持ち、わかってくれるよね？」

和樹は、アクリル板に顔を寄せ、懇願するようにまくしたてる。

「追い詰められて、逃げ場所がなかったの。どうしようもなかった。でもまさか『思い出の会』であんな風に……」

和樹の言葉が、ふと止まった。見開かれた目が、脳内で全てが繋がったことを告げている。

「律子ちゃん、ひょっとして全部あなたが仕組ん――」

「そろそろ失礼します」

和樹を遮って、律子は立ち上がった。

「とにかくおばさま方は、深く反省し、罪を償ってくださいね」

この女たちは、死刑になどならないだろう。

犯行には計画性はなく突発的であった、そして麗香が車でぶつかったのは故意ではなかったと、弁護士が主張している。全員共通の死体遺棄容疑については争わないものの、弁護士は麗香の殺人容疑を過失運転致死に、首を絞めた由美子の殺人未遂を暴行に、押さえつけた和樹と理穂は殺人幇助ではなく暴行幇助にしようとしているのだ。

何年かすれば社会に戻ることができる。女たちは、それを知っている。知っているからこそ、こうして表面的でも謝罪を申し入れてきたのだ――情状酌量を期待して。

「おばさまたちが刑期を終えて出所なさったら」

見下ろすようにして、律子は告げる。

「常にわたしが見張っておいてあげますね。もう二度と誤ったことをしないように。正しいことだけをして生きていけるように。ずっと、ずーっと」

和樹がヒッと息を吸いこんだ。顔は色を失い、頬が震えている。そんな和樹に、律子は笑みを投げかけた。

きっと和樹は今、この微笑の中に母を見ている。あの、正義をなしとげた時の、恍惚とした母を。女たちが命を懸けて葬り去ったはずの、母を。

母が正義のサイボーグであり、モンスターであり、ヌーディストであり、夜叉であるなら……律子はさしずめ、正義の肉食獣か。

追い詰め、逃げ場を失くし、徹底的に自由を奪う。そして鋭い牙を獲物に突き立て、血潮をしたたらせながら、生きたまま貪り、喰らい尽くす——しかしそこには全く悪意は介在せず、あくまでも純粋な本能があるのみなのだ。

呆然と座っている和樹を残し、律子は面会室を後にした。預けていた荷物を受付で返却してもらい、拘置所の外に出る。

空は青く、満開の桜がうららかな風に揺れていた。

明日は高校の入学式だ。新しい生活が始まる。

バス停に向かう途中で、前を歩く男性が煙草を吸っているのが目に入った。

吸殻を投げ捨てるだろうか？

投げ捨てたなら軽犯罪法違反、もしも吸殻の火が何かに燃え移れば失火罪、燃えたものが誰かの所有物であれば損害賠償責任が生じるだろう。

正義の鉈《なた》を振りおろせる可能性に胸を震わせながら、律子は桜並木の小道を悠然と歩いた。

この作品は書き下ろしです。原稿枚数367枚（400字詰め）。

〈著者紹介〉
秋吉理香子(あきよし・りかこ)　兵庫県生まれ、大阪府在住。早稲田大学卒業後、ロヨラ・メリマウント大学院にて、映画・テレビ制作修士号を取得。2008年、「雪の花」で第3回Yahoo!JAPAN文学賞を受賞。09年、受賞作を含む短編集『雪の花』にてデビュー。13年、『暗黒女子』が大きな話題となる。他の著書に『放課後に死者は戻る』『聖母』『自殺予定日』がある。現在、最も注目される期待の新鋭ミステリ作家の一人。

絶対正義
2016年11月10日　第1刷発行

GENTOSHA

著　者　秋吉理香子
発行者　見城 徹

発行所　株式会社 幻冬舎
〒151-0051 東京都渋谷区千駄ヶ谷4-9-7

電話:03(5411)6211(編集)
03(5411)6222(営業)
振替:00120-8-767643
印刷・製本所:株式会社 光邦

検印廃止

ISBN978-4-344-03025-1 C0093
幻冬舎ホームページアドレス　http://www.gentosha.co.jp/

この本に関するご意見・ご感想をメールでお寄せいただく場合は、
comment@gentosha.co.jpまで。